你一生被风记得在纸上

《哲思》
编辑部 编

河南人民出版社

袅袅余烟，
素笔浅绘惊鸿

绘_白鹿儿

小轩窗，正梳妆。在作者白鹿儿浅描雅绘的笔下，隔着袅袅余烟，依稀可见伊人倚窗理云鬟的风姿，好似惊鸿照影来。时光静好，不妨与白鹿儿一同在画中赴一场佳人有约吧！

壹 纸：阿诗300g　颜料：新岩彩
笔：华虹平头笔7号（铺色）、达芬奇1号（小面积铺色）、青意毛笔，达芬奇304（细节）

贰 自动铅笔勾线稿，尽量不用橡皮擦，然后将脸部皮肤的位置刷一层薄薄的水，然后用玫瑰红加淡黄调出肤色铺第一遍底色。趁水未干再在眼睛和嘴巴周围点缀些红色。

叁 等底色干了之后，头发平铺一层黑色，然后一组组一根根勾出头发，头饰平铺颜色。

肆 花朵叶尖趁湿点缀玫瑰红色，会更加好看。注意要先画浅色花朵，再画深色绿叶。

伍 花卉一组一组地画，花叶平铺一层水，趁湿在叶尖点入黄绿色，叶根点入蓝色，注意每片叶子都画出一些变化，不要雷同。

陆 所绘衣服先平铺一层水，用绿色加黄色调出浅绿色刷一层颜色，干了以后用玫瑰红加水画衣领。（如想要浅色则多加水调和）

柒 在卷帘处平铺一层水，用土黄色加赫石色平铺一层色，用略深于衣服底色的绿色为衣服画上花纹，衣领花纹用白色勾出。

玖 用大红色平铺一层鱼的颜色（注意颜色要淡），趁湿点缀玫瑰色在鱼背部，等干后用勾线笔勾出鱼尾。

玖 调出淡黄色平铺云纹，然后用淡绿色勾线。

拾 加入细节，卷帘勾上红绳，脸部和手部用红色勾出轮廓。

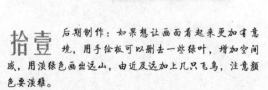

拾壹 后期制作：如果想让画面看起来更加有意境，用手绘板可以删去一些绿叶，增加空间感，用淡绿色画出远山，由近及远加上几只飞鸟，注意颜色要淡雅。

哲思家族24节气古典扇形明信片《岁时记》已上市。

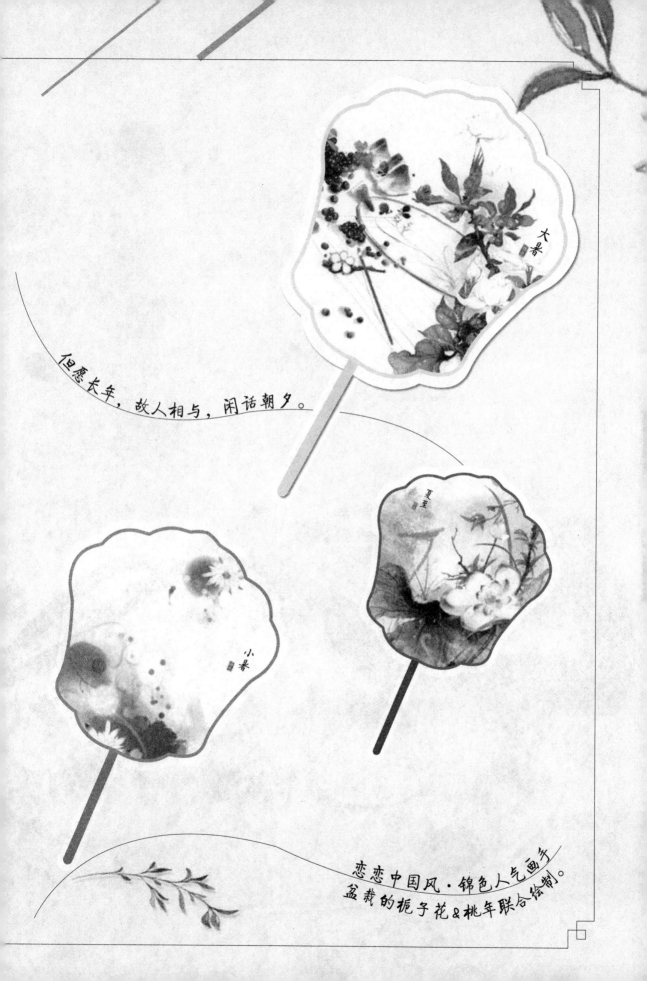

但愿长年，故人相与，闲话朝夕。

大暑

夏至

小暑

恋恋中国风·锦色人气画手
盆栽的栀子花&桃年联合绘制。

灼灼荷花瑞，亭亭出水中

荷花相传是王母娘娘身边的一个美貌侍女——玉姬的化身。当初玉姬看见人间双双对对，十分羡慕，因此动了凡心，在河神女儿的陪伴下偷偷出了天宫，来到杭州的西子湖畔。西湖秀丽的风光使玉姬流连忘返，王母娘娘知道后用莲花宝座将玉姬打入湖底淤泥，永世不得再登南天门。灼灼荷花瑞，亭亭出水中，为了表达对荷花高雅洁丽的赞誉，杭州人民用油酥面制成荷花酥，形似荷花，酥层清晰，观之形美动人，食之酥松香甜，别有风味，是古今宴席上常用的一种花式中点。

准备食材

水油皮：低筋面粉200g、猪油36g、细砂糖30g、水110g。

油酥：低筋面粉180g、猪油90g、豆沙馅、红色色素适量

1 油皮制作：
将水油皮所有原料混合，分成两等份，其中一份加入红色食用色素，分别和成白色和粉色水油皮面团，之后分别包上保鲜膜，醒30分钟。

2 油酥制作：
将两种原料混合成面团包上保鲜膜醒30分钟。

4 拿一个粉色水油皮面团按扁，将一个油酥面团包在里边，收口滚圆。

3 将醒好的粉色和白色油皮面团分别分成五份，油酥面团分成十份。

5 拿一个白色水油皮面团按扁，将一个油酥面团包在里边，收口滚圆。

6 将包好的红面团按扁，擀成椭圆形。

由上至下卷起，松弛10分钟。

同样，再将包好的白面团也按扁，擀成椭圆形。由上至下卷起，松弛10分钟。

9

将红色面卷竖着对自己，擀成椭圆形。再卷起，松弛10分钟。

10

同样再将白色面卷竖着对自己，擀成椭圆形。再卷起，松弛10分钟。

11

将松弛好的两种颜色面团分别擀成圆形，将一个白色面皮和一个红色面皮重叠，白色在下，红色在上，包上豆沙馅。

12

收口，滚圆，排入烤盘。用刀在表面切出花瓣，刀口深至能看见内馅，送入烤箱烤制。烤箱提前预热，150度，30分钟。（时间温度仅供参考，以自家烤箱为标准）

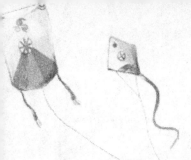

七八个星天外

◎慕容莲生

夏日夜色来得要迟一些。但它到底来了。夜色从袅袅炊烟上来，荷锄归家的老农在村口闲话，说着说着明月就升起了。暑热渐退，清风徐徐，人家门前的竹子悠悠摇曳。四下静穆祥和。

在日间，他行长长山路去见一个朋友。相见亦无事，窗下坐着，饮几杯酒，风送几阵花香，日光不觉间已然西隐，暮霭渐浓，飞鸟归巢。他和朋友道别，在开满花的篱笆墙前，在山脚下。归程未行一半，月出东山，清光皎皎。

沿途有大树，树的那边是稻田，稻田尽头远山绵延。他并不着急赶路，白日饮的酒经月光一照，酒意淡了几分。空山静听足音，声声慢，似午夜梦回时翻阅前尘旧事，又寂寞又美好。倏然扑喇喇几声响，他心下微惊，朝响处望去，不得由笑了，是宿在枝头的喜鹊飞腾呢。

喜鹊最是敏感于光线变化，云破月来，鹊惊，一阵乱飞。想起前人诗句："月明星稀，喜鹊南飞。"不过，此时最合境况的应是王维的诗了："人闲桂花落，夜静春山空。月出惊山鸟，时鸣春涧中。"也不对，王维说的是春山春鸟呀。然而，哪个夏天不是从春天里来呢？山也来自春天，飞鸟亦然，它们经由一个漫长的春，歇脚在这盛夏。

有趣的是，清风忽又送来几声蝉鸣，山村夏夜愈发宁静清幽了。他一会儿看看明月走到了哪里，一会儿听听鹊啼蝉鸣，好不悠然。

路边大片大片的稻田，稻花香弥漫四野。谁也不知道稻田里究竟住了多少青蛙。青蛙是最不肯耐受寂寞的小东西。一只蛙，呱，呱，呱，响响亮亮，落入蛙朋蛙友耳中，远远近近的朋友相和而歌，相歌相乐。歌声此起彼伏，连成一片，惹得稻花香更馥郁了。

他想，这一季庄稼保准又有个好收成。

山上明月呢？明月被谁唤去了？四顾不见。远远的天外，只余几个星子，数一数，三个，五个，七八个，稀稀落落的，风起云儿一遮，七八个也不见了。

他嗅着了风中饱满的尽是雨的气息。果然，不多时，大颗大颗雨滴三三两两坠下，溅起一阵蛙声。

夏日的天，娃娃的脸，说变就变呢。三两点雨后，也许一场倾盆大雨要继之而来。看看路，离家尚远。只叹先前太贪恋月下风物闲美，一味玩赏，误了赶路。

不急，不急。雨，不期而至，就当它是个无约携琴而来的老友，且找个地方，坐下，和老友叙一场清清浅浅又韵趣盎然的话。

他想起来，就在前方，有间茅屋，一个朴素的老先生春夏秋冬皆在那处卖茶。先前有几回行路倦了，他曾去那儿坐，老先生煮茶，茶香里他们会闲说几句茶一样清淡的话。

山路转个弯，是条小溪，溪上一座不知架于何年何月的木桥，过了桥，绿树丛掩映下有个土地庙，看见那个庙呀，便能见着那茅屋茶馆了。踏着轻快的步子，他上桥，过溪。茅屋近在眼前。

屋里有光。光洒在或缓或紧或稀或浓的雨里，一漾一漾，似星光落入深沉大江，又仿佛深谷隐士秉烛观花时忽然抖出一串清清凉凉的歌。

向着光行。去山水深处茅屋里，和一场雨交谈。谈话尽了，明月起，他将再次走在回家的路上，在清风里仔细嗅稻花香，听蛙声，听蝉鸣，路曲曲折折，人悠然然然。最后，在一扇门前停下，推开，进去。

话 蝶

作词：野野
演唱：玄觞

画蝶入梦里　重演着初遇
写意的落红如许　染它双彩翼

伏笔三两句　题了画的序
那隔花扑蝶的你　身影都迷离

我循着印章上落款的名
描摹绘卷里蝶飞如心绪
半阕断章旧曲　是风在唏嘘
谁参透蝴蝶舞姿的命理

梦蝶入画里　能否再相聚
零落如霰的雨滴　韶华又一洗

绝笔三两句　尘缘何人续
那隔世恍然的你　花影中依稀

我循着印章上落款的名
描摹绘卷里蝶飞如心绪
半阕断章旧曲　是风在唏嘘
谁参透蝴蝶舞姿的命理

我寻着题字上写的约定
是莫失莫忘了不离不弃
飞过温婉眼底　遗了春几许
方知聚散离合随了蝶去

中国古典文化中，多有动植物意象，蝴蝶尤为文人墨客所偏爱，如"庄周梦蝶"，"宝钗扑蝶"，可谓流传后世久矣。犹记得初读古诗词时的惊艳，分明只是单薄的文字，却如生了血肉般鲜活灵动，让人猝不及防地落入回忆深处，旧人、旧事、旧日时光，便在字里行间幽然浮现。及至读李商隐的《锦瑟》，更觉那一句"庄生晓梦迷蝴蝶，望帝春心托杜鹃"意境深远，余韵悠长。话蝶，梦蝶，不如就随着这首曲子，一同跌入梦中，醒转之时，"随了蝶去"。

目 录

目 录

有人月夜抒怀，有人窗边独酌；
有人灯下叹息，有人不知归期。
古人的心事总是太过微绵密，
故而，他们的故事也带了几多思索。
隔着时间的轮廓，
如果你可以为往事留步，且听听他们怎么为自己定义。
——齐心

姜夔：
野云孤飞时，
清风自相随

◎旧年尺素

━ 一 ━

风雨飘摇的南宋，向来不乏文才敏捷的词人，所谓国家不幸诗家幸，大致便是如此了。如果说，易安是宋代词坛的一壶浊酒，从最初的清香四溢到最后的沉郁铿锵；幼安是兵燹战乱中的一支长戟，从最初的一腔热血到最终的义愤填膺；那么，白石便是这个时代独自徘徊在无穷碧落中的一朵孤云，自在孤飞，却又凄凉如梦。

白石的江湖从一开始就洒满了朦胧的月光，那样出尘透明如蝉翼的人生只能由他来掌舵。时至今日，除却那首稍有些许悲愤之意的《扬州慢》，他留给世人的文字都像是着了银装的梅花，披了素纱的伊人。红衣女子是他一生爱情的羁绊，当爱情的芍药花开在贫穷与漂泊之上时，即便有"江湖夜雨十年灯"的淡然，也敌不过"而今听雨僧庐下，鬓已星星也"的凄怆。他给不起爱情，给得起的只有一纸无人问津的才情。

萧德藻出现的时候，白石的江湖已然是大雾一片。看不见仕途，看不清未来，连人世间最美好的天伦之乐都沦为温饱的阶下囚。如果不是那么多清丽曼妙的文字，白石也许不会在历史上留下这不浅不淡的一笔吧。还好，或许有些晚，但他终于来了。文人之交，君子之交，亦是忘年之交。千岩老人感叹"四十年作诗，始得此友"，一腔真挚终于让白石终于在仕途多舛的命运之外，看到了这人间的烟火气息。

清风徐来，孤云安然。

━ 二 ━

其实，很多人认为萧德藻是白石一生最重要的挚友。不过，有时候这位长了白石许多岁的老翁更像是他的兄长、父亲。而立之年的白石在泛宅浮家的漂泊中已十载有余，虽有刻骨铭心的爱人相伴，却也是难再朝朝暮暮，当人生如同沙砾一般，爱情只会在甜蜜中硌得人生疼，平添的忧愁让白石举步维艰。若不是那首《姑苏怀古》，白石的一生不知何时才能有个家。流浪仿佛与他融为一体，是飘逸长衫，却无法带来丝毫的温暖。"夜暗归云绕桅牙，江涵星影鹭眠沙。行人怅望苏台柳，曾与吴王扫落花。"寥寥二十八字，足以让千岩老人由衷地希望白石可以长久地伴随自己。于是当他将自己的侄女托付给白石时，这个清逸洒脱的孤独客终于洒下两行浊泪，不知道等待了多久，不知道期盼了多久，温情是兀自绽放的寒梅，幽香四溢。以诗为媒，终成千古。从此，即便是山长水远的漂泊，他的心也有一份归属的温暖；即便是人生道路依旧漫漫无常，他亦不再是茕茕孑立。没有爱情，却终于在而立之年拥有嵌骨的亲情。这不是馈赠，而是一份期盼与祝福。千岩老人给了白石一个家，三十岁的他终于在浮萍般的人生中有那么几个瞬间可以舒展眉头。

这般让人心疼的白石终于找到一袭温床，他不再蹙眉，他觉得未来可以望得见了。俗世的烟火动容地将他拥抱在怀中，他不再是凌空飘渺的姿态，定格的瞬间是可以铭记的实在感。

于是，时光终于展颜欢笑。白石的天伦之乐终于来临，那粉雕玉琢的婴孩儿在案前摆弄他的笔墨时，他怔怔愣着，仿佛这一场如画般的美梦来得太不真实。只是那泠泠如泉水般清澈的笑声一遍遍唤醒他，这不是梦，这是触手可及的温柔。点点墨迹在那柔软的素宣上写下了绵长的心事："慵对客，缓开门，梅花闲伴老来身。娇儿学作人间字，郁垒神荼写未真。"梅香四溢的季节里迎来了新年。忘记是哪一年的上元时节了，巷陌的美妙风光早已伴随着喜悦的风穿宅走巷，白石按捺不住了，便携了小女到街头走一遭。正可谓"巷陌风光纵赏时，笼纱未出马先嘶。白头居士无呵殿，只有乘肩小女随"。也许，这是白石生命中如同雪花般纯洁而又美妙的时光吧，不同于与红衣女子的爱情，那份遥不可及的恐慌终于在这上元时节悄然退场，实实在在握在手中的喜悦像是那夜空一次次流溢而过的烟火，这份喜悦是千岩老人的知遇之恩最美的呈现。

※ 三 ※

有了烟火气息的白石终于有勇气看一看这山川，这河流，他不再是一叶孤舟，徒留背影在天际，他的清笛也可暂时歇息，那属于长夜的清凉与孤寂得以暂时安眠。相逢的云淡风轻与情深意重在时光的长河里逐渐化为无法割舍的亲情，他们相视一笑，自在不言中。

相遇总是生命里最妙不可言的。彼时，在萧德藻的引荐下，白石结识了生命中另一位重要的友人——范成大。海内存知己，天涯若比邻。今夜诗词如酒，一杯老友重逢热气腾腾的思念，他们的一见如故就像是云和风，自由潇洒，不羁共勉。白石这位"翰墨人品皆似晋、宋之雅士"的风流才子很快便与范成大惺惺相惜，大有相见恨晚之意。谈笑间，闲敲棋子弄丝竹。生活在此刻看来，可以抛却贫贱，可以忘记羁旅天涯。

那个冬天的雪像是初春的柳絮，绵绵延延，在天空与大地间舞出一片苍茫。园内的红梅一夜之间争相怒放，寒风抖落一池雪，红与白的世界就差一曲白石的妙音了吧。于是，应范成大之邀，白石在某个夜里，秉烛夜游，昏黄的灯光映照着灿烂如火的红梅，白雪皑皑，仿若美人心事，而红梅便是那众多心事中最夺目的一枝。于是在千年之后，我们听到《暗香》的飘渺，清澈

而悠远；于是在千年之后，我们看到《疏影》的斑驳，芳梅几许，疏影横斜。仿佛刹那间又看到旧时月色，梅边吹笛的俊逸公子，好似春风，盈盈莲步走来，芳香人间。如果没有范成大，如果没有那等待着的红梅，也许白石便不会在那大雪纷纷的夜里，一曲清笛，不知今夕何夕，不知天上人间。

※ 四 ※

读过白石词的人都知道，他的笔下红梅是清丽隽永的佳人，芍药是炽热多情的思妇。一点红便是他笔下挥洒的色彩，在白茫茫的大雪中，那一抹耀眼就足够了。后来，红衣女子顿然消逝，来不及去追寻，仿佛从未出现在这世间，白石十年梦一场，一声叹息却终是无可奈何花落去。

也许，白石的生命里注定要有一抹艳丽的红，带走最沉重的岁月，最彻骨的深情。在与范成大相交几载中，虽是惺惺相惜，却也未能让白石在仕途上意气风发，只是，在觥筹交错间，在风花雪月中，一个低低吟唱的丫鬟红了脸，像极了盛开在白雪之中的红梅，娇艳欲滴，他问她唤何名，她答小红。似乎是命运的巧合，生命中总需要有人在这个位置上长久地爱慕着他，顾转流盼中，连命运都舍不得他孤独。小红随白石去了，不顾他的清贫，无视他的漂泊，一颗心执着如寒冬的坚冰，只为他的柔情融化。小红是一江春水，唱着白石的歌。

"自作新词韵最娇，小红低唱我吹箫。曲终过尽松陵路，回首烟波十四桥。"在那寒江之上，一艘小船，几件薄衣，她朱唇轻启，软糯的声线中伴随着他的清笛，仿佛木屐在下雨天轻轻叩响青石板路的跫音，悠远绵长，那是她在慢慢靠近。这是范成大送给白石最后的温暖，漂泊的旅途终于再次启程，曲终了，人何处。

只是，不曾想，那小红最后还是被白石丢弃在寒江的波心中。不是不爱，而是不能爱。白石始终是苍穹里幽静孤傲的云，唯有清风徐来，才能在时光徜徉之时，拥有片刻的欢愉。萧德藻与范成大是他生命里自在的清风，他们在最好的岁月里相遇，不念过往，不思未来，只是在彼此的生命里留下一份如同梅香般清远的回忆。

他是那朵云，偶遇两阵风，潇洒自在，笑看人间。

山水孟浩然

◎余显斌

襄阳的山，一定峭然如眉，微微皱起，打着一个个的褶，西子捧心一样；襄阳的水，一定波光闪烁，清清亮亮，泛着无限的情意。襄阳的山水，一定都款款相连，平平仄仄地押着韵，因为，它们倾听过诗人的低吟，诗人的高歌，和诗人的琴声。

是的，走在襄阳山水间，撑一只船，在春天的清新中，夏天的苍翠中，秋天的婉约中，或者冬天的素净中，慢慢地，慢慢地沿江航行，站在船上，你的耳边，一定会漫上一声声淡雅的吟哦。那一声声吟哦，仿佛也带着平仄，在耳边悠扬，在山水间回荡。

那，是诗人的吟诵。

襄阳的景色，永远让后来人无言徘徊。因为一千多年前，这儿住着一个人，一个青衫飘飘的诗人，一根竹管笔，指点山水，醉倒后人，醉倒整个诗歌。这个人，就是孟浩然，唐朝的孟浩然，诗歌中的孟浩然，中国文化的孟浩然，汉字世界里永远的孟浩然。

那是一个诗的时代，一个文化灿烂的时代。今天，仰望那个时代的天空，群星璀璨，熠熠生辉。孟浩然，是其中最亮的一颗。

孟浩然站在诗国里，笔意挥洒，风采飞扬，把他的感悟，他的热爱，他的心情，他的思索一一形诸笔端，落墨纸上，让我们读他的诗歌，就如行走在山水间，或置身于田园中，不思归去。

在春天里，在雨后，听见鸟鸣，看见花落，他会在诗里喊着我们，微笑着道，别睡了，快起来，一夜风雨间，瞧瞧，花落知多少。当我们抬头，当我们回首窗外，那人早已在满地落花中悄悄走远，走进岁月深处，走入落花飘飞中。

远游时，远离故乡行走异乡时，读到"时见归村人，沙行渡头歇"，游子的眼前，故乡的炊烟，乡村的俚语，家人的面孔，都会一一浮现眼前，让人泪光潸然，乡思欲绝；读到"樵人归欲尽，烟鸟栖初定"，隐藏在内心深处的少小回忆，牧人的山歌，还有当年自己砍柴时，踏在故乡小道上稚嫩的身影，都一一走入眼前。

孟浩然啊，永远用诗歌逗惹着我们，逗惹着我们的乡愁，逗惹着我们的思念，逗惹着我们对故乡山水的爱，逗惹着我们对生活的无尽情思。

当我们远行时，他以"开轩面场圃，把酒话桑麻"提醒我们，让我们闲暇时，别忘了回去走走，看看土地，亲近庄稼，亲近我们生命的根。当我们迷失心灵的时候，他用"我家襄水曲，遥隔楚云端"点拨我们，让我们在异乡的土地上，在酒杯筵边，还记得有一处地方，收藏着我们的良心，和我们心灵的归宿地。当我们竭尽全力，在名利的高峰上，在红尘的仄道上，白刃相向，白眼相向时，他用一句"看取莲花净，方知不染心"，让我们无言独立，徘徊在中庭，心胸一开。

孟浩然，总是一个智者，在生活中，用他的诗在度化我们，度化迷入红尘的现代人，让我们借一首诗，浇灌一下心灵，冲洗一下精神的污垢，还有灰尘。

❋ 三 ❋

孟浩然的襄阳山水诗歌，永远让我们自失，让我们检讨，让我们揽镜自照，叩问心灵。

在细雨之夜，或者在夏日午后，挑选一个心情极好的日子，坐在竹林里，或者垂垂紫藤之下，读孟浩然的诗歌，读"回潭石下深，绿篠岸傍密"，我们的心，会涤荡着一片绿，荡漾着一片翠色；读"东林精舍近，日暮空闻钟"，我们的思想，就会化成一朵莲花，不染灰尘，不带污垢，映水盛开；读"回瞻下山路，但见牛羊群"，我们的记忆，就会走在山野小路，唱着童谣，踏着满地虫鸣回家。生活在孟浩然的笔下，总是那么美好，那么多情，那样滋味无穷。

唐代诗人，一个个骑着马，或者驴子，走在阳关道上，或者长安柳荫里，为着功名，为着"我辈岂是蓬蒿人"，为着"收取关山五十州"，为着"天下谁人不识君"的目的，积极奔走，上下追求，只有孟浩然转身而去，走入高山，走入白云，走入山水田园，领略着生活的美好，领略着生活的精致。

当别人"朝叩富儿门"时，他却驾着一只小船，在月夜里慢行江面，抱膝独坐，在"野旷天低树，江清月近人"中，体味一种孤独，体会着一缕剪不断的乡愁。我们，在红尘中早已没有了乡愁，没有了忧伤，没有了一缕扯不断的挂念。

当别人腰金衣紫，"数问夜如何"时，他"开轩卧闲敞"，蒲扇轻摇，衣衫飘然，闲逸洒脱，不受丝毫羁绊，没有一点压力。今天的我们，再也难得舒心一笑，或者泡一杯茶，在西窗下，慢慢地品着生活的悠然。

当别人雁塔题诗，"一日看尽长安花"时，他抱着琴，闲着心，走向茅亭，或者故人的山庄，喝着酒，弹着琴，援笔而书，歌咏心怀，

"半酣下衫袖，拂拭龙唇琴。 一杯弹一曲，不觉夕阳沉"，然后，在夕阳下，缓缓归去，走入暮烟深处。

生活的情味，生活的精髓，总是最淡然、最朴素的。朴素的生活，滋味无穷，如一朵山涧雏菊，如一串栀子花香。

❋ 四 ❋

孟浩然的诗，是唐诗的异数。孟浩然，更是唐人的异数。别人，以感情写诗；孟浩然，则是以人格写诗。

孟浩然注定是山水的，是田野的，是乡村牧歌的，是春花秋月的。因为，他是孟浩然，是"红颜弃轩冕，白首卧松云"的孟浩然，是"醉月频中圣，迷花不事君"的孟浩然，没有一丝通融，没有一点诡媚。

古人记载，孟浩然在王维府上，突遇玄宗皇帝，玄宗让他读诗，他没读别的，偏偏选中《日暮归南山》，待到歌咏到"不才明主弃"一句，唐玄宗非常不高兴，变了脸色道："卿不求仕，而朕未尝弃卿，奈何诬我？"一气之下，挥袖而去。

唐代诗人，唯有孟浩然能这样，能当着皇帝的面，把自己的牢骚，自己心中的不满，毫无保留地倾诉出来，这是一种不畏权力傲视高行的人格，一种白眼权贵的精神，一种威武不屈的气概。

孟浩然注定要独树一帜，要承前启后，要在唐诗中竖起一座纪念碑，因为，他是那样的高洁，那样的淡然，"灌蔬艺竹，以全高尚"，容不得半点污渍，做不出半分卑躬屈膝相。

他注定要光大一个诗派，因为他是山水的知音。他注定要戏为生活的智者，因为，他默默地感受着生活的美好。他注定会成为大唐诗歌的先行者，因为他的人格，他的风范，他的学识，卓卓如竹，矫然如松。

今天，孟浩然已经越走越远，走入千年竖行的文字中，走入水墨风景中，走入江南山水间，走入岁月云烟里。

面对唐诗，面对着他在唐诗中驾一叶小舟越走越远的背影，现代人唯有低吟着那句"孤帆远影碧空尽，唯见长江天际流"的古诗，来轻轻地对他挥别。

班婕妤：
半世冷月葬花魂 ◎旧年尺素

　　两百多年的西汉王朝，终于在生命的暮年迎来了汉宫最后一位德才兼备的女子——班婕妤。她凭借绝代的风姿与一腔才情获得汉成帝的恩宠，从此，常伴君王侧，成为名副其实的帝王花。

　　西汉的后宫历来被津津乐道，千年来，班婕妤看似平淡的一生也不断地被有心人挖掘着。这位佳人的才情、寂寞、用心良苦亦被世人传颂。

　　班婕妤初入宫，为少使，俄而大幸，为婕妤。在那些被宠幸的时光里，她不仅是妻子，亦是汉成帝的朋友。自幼熟读历史经典的她，知道如何做好一个帝王的女人。在我眼里，对于汉成帝，有时候，她更像母亲。相传，汉成帝曾为了能够与她同辇出游，便命人造一辆可以容纳两人的辇车。他亲自邀她同游于市，却被她婉言谢绝：观古图画，贤圣之君皆有名臣在侧，三代末主乃有嬖女，今欲同辇，得无近似之乎？于是，她从未与他一同出游，在她眼里，这种朝朝暮暮的爱情不过弹指流年。她要的不是朝朝暮暮，而是永远。

　　于是，城楼之上，她望着他乘辇而去，眼角有泪丝随风飘落。而他，则频频回头，哪怕朝暮的分离，他也不忍。她是想过和他一起的，可是，他是天下人的帝王，她怕一不小心就被那个谶语击中，遍体鳞伤。

　　班婕妤终究是班婕妤，她遵从妇德，她贤良，她被太后称为"樊姬"，她怎么能做让朝野、让历史唾弃的事？所以，她是忘记了，她的夫君，是皇帝，是天下女人敬仰的男人，哪怕如今为她停留，也不过是瞬间。等到秋天来了，便会罗衣初锁，团扇渐疏。

　　可是历史还是将她送给了汉成帝。很大程度上，若不是她，汉成帝会在历史上留下更多的骂名。

　　一个王朝走向衰落的时候，通常伴随着红颜祸水。班婕妤不做这个谶语，自有人来代替她。飞燕的到来正是时候，历史上有名的赵氏姐妹，终于如约而至，班婕妤苦心经营的汉成帝一朝毁于这姊妹之手。她不是没有想过要去斗，不是没有想过要挽留，她甚至愿意恳求他，恳求他别走。可是，时过境迁，帝王花一朵朵开放，哪朵能常在呢？她又深知，赵氏姐妹绝非平庸之辈，在这场战争中，结局早已写好，明哲保身，是她唯一能做的。

　　深宫寂寂，幽幽的琴声不过是此刻的心情。昨日，我还为你抚琴；昨日，我们还吟诗作画；昨日，誓言还未风干……今日，你却早已不是那人了。人去楼空，物是人非。

　　于是，在赵氏姐妹处心积虑想要除去班婕妤之时，她便先人一步，主动请旨，余生侍奉太后。汉成帝终究还是愧疚的，并没有依了飞燕合德的话，而是重赏她，并且允了她的意。

　　班婕妤是聪明的，在太后的羽翼下，虽然生活不如从前光鲜，可赵氏姐妹的魔爪再也伸不向她。只是，在这背后的苦楚，她又能向何人诉说？满腔的情被一点一滴辜负，她却只能全身而退，只为苟且在这世间，只为有朝一日还能再见到曾经与她携手的那人。

　　常恐秋节至。落叶纷纷，满阶幽闭，长信深

宫，灯火寂寥。天冷了，却还是不愿将手中的团扇收起，因为这扇，是他亲手赠的。可是，她分明记得，那扇柄上，点点滴滴的相思泪。仿佛是一个轮回，缘尽于此。她在等待他，他却在她的等待中忘记了她的容颜，她的身姿，她的声音，甚至忘记了她的出现。仿佛一颗流星，转瞬即逝，毫无痕迹。

可是手中的笔不会停下，她怨，因为她还爱着：

新裂齐纨素，皎洁如霜雪。
裁作合欢扇，团圆似明月。
出入君怀袖，动摇微风发。
常恐秋节至，凉飙夺炎热。
弃捐箧笥中，恩情中道绝。

其实，时时还是能听到他的消息。飞燕被封为皇后了，合德被封为昭仪了，他已经许久没有上过朝了，日日流连在温柔乡里。荒唐的事此起彼伏，汉宫难得宁静。可是她的院子却是那样寂静："潜玄宫兮幽以清，应门闭兮禁闼扃。华殿尘兮玉阶苔，中庭萋兮绿草生。广室阴兮帷幄暗，房栊虚兮风泠泠。"半生给了这个男人，半生交付这空荡的庭院与寂寞的心情。

那些美好的日子偶尔还会在梦中恍惚而至，"蒙圣皇之渥惠兮，当日月之圣明。扬光烈之翕赫兮，奉隆宠于增成。"梦醒，还是空荡荡的庭院，偶尔还有渐渐沥沥的雨声。思念，随着漫长的黑夜疯长，她按捺不住，只能"俯视兮丹墀，思君兮履綦。仰视兮云屋，双涕兮横流"。只恐夜深花睡去，只恐流年惊暗换，只恐孤心独处时，怜君君不知。

名花雨寒霜，绿叶早枯黄。

多少个深夜，她听着宫女的声声捣素，望着那盏明灭的宫灯，就出了神。岁月在青丝中悄然而逝，当年绝代风华的班婕妤终于在等待中苍老了容颜。昭阳宫的红尘人世不知已过了多少年。月明人静漏声稀，她终于不再是班婕妤，而是一个普普通通的女人了。

我想，在写下《捣素赋》的时候，她一定觉得，自己与那些宫女并无异。也是在最好的时光，来到这里，也是在满怀希望的时候度过最快乐的日子。之后便是无边无尽的黑暗与寂寞。她想挣脱，却无能为力，只能让岁月无情地消磨着心智，让心

冷却，成为一座坚冰，以为，只能这样结束了。

人生若只如初见，何事秋风悲画扇。等闲变却故人心，却道故人心易变。只怪初相遇之时，太过美好，而如今，会是谁叹息着当时只道是寻常。

绥和二年的三月，日子依然波澜不惊，没有任何征兆，已经很久没人叫过她班婕妤了，却突然听到。犹如霹雳，訇然而来。她终于圆了凤愿，她见到了他，最后一眼。他在合德怀中销了魂，来不及跟她说再见。她跟他来不及结束，却还是结束了。

跪倒在地的班婕妤，哭了又笑，笑了又哭的班婕妤，终于没有人能阻止她了，她一生唯一爱过的人终于回到了她的怀抱。那无数思念的夜晚却如同死灰一般，随着他的灵魂，烟消云散。

可她是班婕妤，故事到这里不会结束。世人想不到，历史想不到，班婕妤会主动请旨，为他守陵，将自己的余生交给了他。时光兜兜转转，属于她的还是回来了。即使阴阳相隔，她仍相信着，只要离他近点，她就能握住他的温度。只当他是睡着了吧，只当他在做一个很长的梦。她点了他最爱的熏香，吟着他最爱的诗，为他唱最爱的歌：

华屋重翠幄，绮席雕象床。
远漏微更疏，薄衾中夜凉。
炉氲暗裹回，寒灯背斜光。
妍姿结宵态，寝臂幽梦长。
宛转复宛转，忆忆更未央。

悠悠的歌声传遍整个京城，我心寂寂。蓦然，她还是当年的班婕妤。一心不为朝暮，只为永远的班婕妤。青灯常伴，岁月依然。她这朵名花，终究还是疲惫了。无法阻止时间的脚步，无法阻止命运的宣判。在时光的长河里，她以班婕妤的身份用智慧生存着，用笔墨书写着，用爱和思念铭记着。

而这一切所换来的，不是汉成帝的爱，而是千年来，浩瀚历史，诸多有心人的怜惜。班婕妤不知，她生为汉成帝，死亦是为他。

唯人生兮一世，忽一过兮若浮。

几年后，传来她病逝的消息。走之前，终于再次身着华服，她还是想要美丽地见到他。悠悠千古情，终于得以了结，死后被葬于汉成帝墓旁，也算有情人终成眷属。

长街灯灭，已未央。一盏孤寒的灯苗，忽明忽灭。半世凉月，一世沧桑。

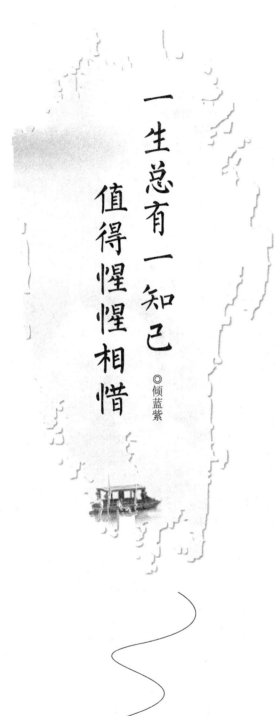

一生总有一知己
值得惺惺相惜

◎倾蓝紫

春秋时期，一个叫伯牙的琴师携一琴入了一座山，当他摆好琴的时候，他尚不知他一弦下去要怎样地惊天动地，不，他惊动的不是天地，而是人世间最可爱的友情，这份情将如高山巍峨，如流水绵延，千年不移，成为中国诗词文化里最动人的一个篇章。

伯牙的琴曾惊得"六马仰秣"，连马都忘了吃草，但凡听过他的琴的人肯定也会如马被他的琴声迷住，但是有几个人能知他所想？众人在他的琴声面前不过就是那六匹马而已，他们能感受到的不过是让他们忘了吃草之美，却不会看见他心中藏着怎样一个高山流水的境界。

于是他来了，这个叫钟子期的人携一捆柴来了。在这场旷世相遇里，他没有携世间有价之宝来，他带来了一颗无价的心，后来这颗心成了中国人最贵重的一种叫作"知音"的情义，就像那清响写的《长风万里》的歌词：君子端方 温良如玉 谁人解其意/忧患实多 不敢言去 长风几万里/他深藏不露 但笑无语 似波澜平静/直到那天 交给我他的心/人生短暂 流水高山 难逢是知己……

在子期拨草前来与伯牙相遇的路上，伯牙看着这巍巍高山，就像当年他跟成连学琴三年不成，成连说带他去东海找自己的老师万子春，至蓬莱山，成连让伯牙留下来说："子居习之，吾将迎师。"划船而去，旬日不返。伯牙近望无人，只听得海水汹涌崩渐之声，山林寂寞，群鸟悲号，他心中豁然一亮，怆然而叹："先生将移我情！"乃援琴而歌。曲终，成连回，划船迎之而返。伯牙看见了大海，终突破了琴技学成了琴之极致移情大法。而从一个技师成为一个艺术家的伯牙看见人间风花雪月将琴声移情其上，但人们只见其手指翻飞琴声美妙，谁又能看见他心中的山河？

这是此时看着这巍巍高山的伯牙寂寞的原因所在，因为在热热闹闹的尘世里弹琴太寂寞了，他才来到他琴之寄情所在——无人的高山里，他以为只有这层峦叠嶂的青山绿水才懂得他。

此刻的伯牙，看见那青山峥嵘，也情不自禁要化作一座高山，去奏响自己千峰万仞的豪气，绵延不绝的情怀。移情做青山的伯牙自岿然不动拨弦一声，惊世而出，惊住了那悄然路过他跟前的子期的脚步。

他是山里人，脚上布满老茧地走过这青山的每一路血脉，熟悉这青山的每一树毛发，青山是他的生存之道，而他就是青山的心灵，为青山绿水的每一场风花雪月感动过，所以当伯牙为山弹琴，他秒懂，这就是为我弹起的琴声啊。感慨万千的子期不禁大叫一声："善哉乎鼓琴！巍巍乎若泰山。"

是的，我看见了你胸中的山河万境，我看见了你壁立千仞的豪情，我要怎么赞叹你呢，是矣，这就是你登而小天下的泰山。你遗世而独立，你寂寞而孤傲，你胸中有一座巍巍泰山却无人观临，就让我在你泰山之下驻足，高山仰止，景行行止。虽不能至，心向往之。

站在伯牙这座泰山脚下扣其心扉的子期的一声惊呼，惊住了伯牙拨弦之手，回神的他低头望向这个站在自己足下的小小的樵夫，他的心有一丝裂动，那在红尘火宅里冰封的心谷出现了澌裂，一条草长莺飞的心路在缓缓打开，一汪春水破冰而下，夹岸桃花锦浪生。

心里一动的伯牙，手下拨琴也如水湍湍沸沸奔腾而下，子期听见了他胸怀虚谷里那奔腾的流水之声，又惊叹道："善哉鼓琴，洋洋乎若流水。"此刻，他们就像孟浩然给孟郊写的诗《示孟郊》一样："蔓草蔽极野，兰芝结孤根。众音何其繁，伯牙独不喧。当时高深意，举世无能分。钟期一见知，山水千秋闻。尔其保静节，薄俗徒云云。"

一琴弹罢，两人成了知音，但是这旷世的相遇不过是一场千载难遇的金风玉露一相逢。

此一相遇，伯牙子期相约来年再聚，但是，到得两人的相约之时，伯牙再来，子期以一丘荒冢践约。伯牙悲极，在荒冢前摔琴绝弦，终生不复鼓琴，伯牙说这浩大的人间已没有我可以再为他鼓琴的人了啊。后来王安石写了《伯牙》，诗道出了伯牙此时的悲怆："千载朱弦无此悲，欲弹孤桐鬼神疑。故人舍我归黄壤，流水高山深相知。"故人舍我归黄壤，这是一种多么痛的失去，再望那一起共同赏鉴过的高山流水，还能再弹吗？子期不在，何处移情，伯牙的情在此世间已无处可栖居了。

总觉得两人之间，无须多言，如行云遇到流水，不拖泥不带水，却山水铿然有雨声。而琴弦一动，如雨滴爆了枝叶，当中炸出了花朵，彼此就已看到对方的胸怀之花，携手共赏。

而这一路下来，行云无声，水流无色。他们中间，没有俗世的存在。只横着一琴，人在琴在，人殁琴殁。这样的知己，彼此甘愿剖腹来相见，亦敢用性命去交换，只是，见面的时候，相对无言，只静静地把琴听了。

所以，当那子期死去，伯牙废琴，这情，已是人间最美。从此，人间天上，不再相见，却不等于忘记。

之后，伯牙一人萧萧然地消失于红尘，对酒不饮，横琴不挥，不挥者何，知音诚稀——所以，世间再无这个弹琴之人。然而，山水无色之

时，当中会竖着一明月，点苍留白漾出这份情义的水墨江山。

所以，此后的诗人当失去他们的知音时，都会想起此刻绝弦的伯牙，他们感受到了他那种废琴之哀。温庭筠哀悼他去世的好友时说："闻说萧郎逐逝川，伯牙因此绝清弦。柳边犹忆青骢影，坟上俄生碧草烟。箧里诗书疑谢后，梦中风貌似潘前。他时若到相寻处，碧树红楼自宛然。"

你是世间唯一懂我之人，失去了你我再移情这大好河山又有什么意义，这世界壮丽，没有你在，我一人独赏，又能向谁诉说它的美丽？一座高山失去了流水，就失去了他绕指的柔情。

高山流水虽然伯牙不再弹，却作为他们情义的见证千古流传。

《高山流水》据传就这样从伯牙开始，原为一曲，后来在流传的时候也各自独立成篇为《高山》《流水》。美国"航行者二号"宇宙飞船中有一张120分钟的唱片，里面选有世界经典的音乐，唯一的亚洲音乐便是琴曲《流水》，茫茫宇宙之中以流水之音漫天寻找知音，不过，伯牙弹了很久，那子期的星辰依然尚未光临。

这世间，紫陌尘多不可寻，青云已无路可觅知音。

这段高山流水的故事记载于《吕氏春秋》里——伯牙鼓琴，钟子期听之，方鼓琴而志在泰山，钟子期曰："善哉乎鼓琴！巍巍乎若泰山。"少时而志在流水。钟子期曰："善哉鼓琴，洋洋乎若流水。"钟子期死，伯牙摔琴绝弦，终生不复鼓琴，以为世无足复为鼓琴者。

写得非常简洁，却波澜壮阔，有文字时是那明月，而无文字处则于这皓月之外更见长空万里的境界。故事虽然很短，却情义绵延，穿过几千年时光，依然不失光芒。时时光照回春秋时代的那一天，一座荒冢前一把琴断成了两截，而在一人黯然离去的身影后，林夕的歌《只有我自己》就像是剧终曲深沉唱起：

曾经欢天喜地/以为就这样过一辈子/走过千山万水/回去却已来不及/曾经惺惺相惜/以为一生总有一知己/不争朝夕不弃不离原来只有我自己/纵然天高地厚容不下我们的距离/纵然说过我不在乎却又不肯放弃/得到一切失去一些也在所不惜/失去你却失去面对孤独的勇气……

张继：江枫渔火里的尘梦一生

◎倾蓝紫

唐朝贞观年间，有寒山子，冠桦布，着木履，笑歌自若地来到苏州城枫桥镇的一座小寺，缚茅以居。后来希迁禅师在此建伽蓝，取名寒山寺。

寒山寺前蜿蜒着一条古运河，在寺东面百余米有一座桥。那一天，中了进士却未得到官职的诗人张继乘一小舟来了，他从红尘的名利场里落败而来，疲惫失意地在这流水里清洗着一身的劫灰。

诗人的小船停泊在这座桥下，一路的旅尘渐渐歇下，诗人问船家，此桥是什么桥。船夫说："封桥！"诗人说："哦，是枫桥啊！"乘在逝水之上的旅者越过了千山万水早不知今夕何夕，今地何地，错把封桥作了枫桥。诗人误听，人们也为这一误字，为诗人红尘颠倒，从此将封桥改名枫桥。

枫桥，枫桥，让人以为是枫树旁有桥，这不是一个地名，这是一幅画。枫树之美，以红叶作花，一开就是一树成花。而就在这美丽的画里传来清美的钟声，刹那之间，一树成花，诗人落笔而下，一诗绽放：月落乌啼霜满天，江枫渔火对愁眠。姑苏城外寒山寺，夜半钟声到客船。

张继，在随着众人去追寻开花的成果，却不想，自己在停泊的此刻，将落草之身站成了树，这树一站，却是满树成花，让千百年来的人们每到他的诗前都要停车坐爱枫林晚。

张继以一诗成名，那些"春风得意马蹄疾，一日看尽长安花"的状元探花都早已成了落花流水，唯独张继还擎着此诗，以一棵壮美的枫树之姿站在姑苏城外寒山寺，聆听钟声一遍一遍地敲打。

此刻的诗人在这寒山寺外靠岸，此后的诗人将从姑苏城外离岸。他走了很多的路，经历了很多的风霜，一直行在流年似水里，以为自己终会抵达彼岸，其实在他回头的地方，才是此岸。

离开姑苏城外后的诗人，后来到底实现了梦想，做了官，从此一直在人世的名利场里辗转。后来诗人再次来到了寒山寺，再次枫桥夜泊，此时，那白衣的书生已经不见，白发的先生再次听见寒山寺的钟声："白发重来一梦中，青山不改旧时容。乌啼月落寒山寺，依枕尝听半夜钟。"一切都还在原地等他，可是再回来的已不是当初的那个书生，而是一个发现原来浮世成梦的领悟人。

书生从此岸离去，路过很多人，路过很多日子，昨日种种皆成梦幻，而昨天的人都在梦里阑珊中，今日芸芸都是梦游，是庄生的梦蝶，想要从梦里飞出却飞不出人海，而明日处处皆是梦想。诗人以梦为马，打马穿过繁花、烟柳，穿过人生的悲欢与无常，再回首，人生已奔驰过岁月的千山万水。

此时白发苍苍的老人，再次回到枫桥镇寒山寺外靠了岸，这才是他一直想要渡过去的彼岸，苦海无边，回头才是岸。年老的张继终究顿悟：

心事数茎白发，生涯一片青山。空林有雪相待，古道无人独还。一人独还的张继，终究死在了漫漫归路上，而这一路他都"遣将心地学琉璃"。临死时，他的朋友刘长卿说他："世难愁归路，家贫缓葬期。"

诗人一生，创造了两个世界，一个是那水月朦胧的诗歌世界，一个是红尘扰攘的物质世界，自张继之后，寒山寺一直游人如织，人们熙熙攘攘皆为此诗来，又熙熙攘攘为名利而去。想当年建此伽蓝的希迁禅师曾为自己的草庵写诗说："世人住处我不住，世人爱处我不爱。"他何曾想过他住过以后他爱过以后，那小寺的幽静却因一个诗人夜半的闯入，使人们蜂拥而至。

红尘的人皆为此水月而来又离去，散在名利场里各自追逐，可是究竟哪一个才是那个真正的镜花水月？只有寒山寺的钟声一遍又一遍在时间的长河里夜夜回答，却无游人想要去问它这个问题。只有答案，没有问题，那就不会有应该开悟的人开悟。

张继的诗是一部伏藏，藏在寒山寺外的月落乌啼霜满天里，藏在夜半钟声到客船里。在这夜半的钟声里，传来一个僧人与希迁禅师的对话，那僧人问希迁禅师："如何是解脱？"希迁禅师说："谁缚汝？"又问："如何是净土？"希迁禅师说："谁垢汝？"问："如何是涅槃？"希迁禅师说："谁将生死与汝？"

可是人们路经了它，却无知无觉而去，空留千年古寺的钟声在一遍一遍说法。人们只到此，留下一首又一首枫桥夜泊的诗，叫阵于寒山寺外。

诗人张继是那站在枫桥上看风景的人，月落、乌啼、满天风霜装饰了他的风景，而他装饰了我们的梦。那姑苏城外寒山寺的夜半钟声，轻轻敲打路过尘世的我们的客船，让我们在浮世的江枫渔火里枕着他的诗梦做着浮幻人世的尘梦。

宋时，要去巴蜀的陆游也在此宿停，听着夜半的钟声响起来，感慨自己人生已经行过千重山，还将轻舟行过万重山："七年不到枫桥寺，客枕依然夜半钟；风月未须轻感慨，巴山此去尚千重。"

陆游七年之后再来，还是听到这个夜半的钟声。张继，几百年前到来听到的是这个钟声。而几百年后的我们听到的也是这个钟声——月落乌啼总是千年的风霜，涛声依旧不见当初的夜晚……

时光早已流走，留下的涛声依旧。一自钟声响清夜，几人同梦不同尘。

张继的夜半钟声，岁岁年年都在此刻敲打渡河人的心，铛！铛！铛！108下，一年有12个月、24节气、72候，相加是108，岁岁年年都在这锤打之中，千锤百炼，将厚重的日子打造成一片片薄如蝉翼的记忆，随风飘散在往事纷纷中，让人在停舟侧耳的此刻心如止水，透悟天地。

岁月流转，浮云变作苍狗，沧海换作桑田，任时光淹没了多少传奇，却在每一个月落乌啼的时候，夜半的钟声就会让千年以来有同一根琴弦的魂灵都在此刻共鸣，每一个人都会回到诗人枫桥夜泊的此刻，都成为一个诗人，叫作张继。

钟声敲出了芸芸众生深藏在内心里那一泓情怀的金玉之声。《碧岩录》里有禅师云："霜天月落夜将半，谁共澄潭照影寒。"是千年以来一个个四处漂泊的魂灵，共此澄潭照影寒。这些漂泊的魂灵，从一个轮回漂流到下一个轮回里，他们之间隔着跨不过的生死距离，隔着绵延无尽的似水流年，但是他们这一侧耳听，就听见了彼此内心的轰鸣，原来我们都在一起，都在此刻的时空里亘古，任时光荏苒。

为这谁共澄潭照影寒的情怀，人们将《枫桥夜泊》的诗铭刻成碑立于此地，第一块碑终经不住时光的磋磨成了劫灰，然后明代的画家文徵明又立了第二块碑于此，但流落到现在也不过剩下"霜、啼、姑、苏"等数字而已。清末光绪年间，人们重修了寒山寺，86岁的俞樾手书了第三块《枫桥夜泊》石碑。写完后数十天，俞樾倏然而逝。

1947年，一位也叫张继的书法家再次书写了《枫桥夜泊》，画家吴湖帆以其名与张继相同而邀他书写了这第四块诗碑。然而他在书写完《枫桥夜泊》的第二天，便与世长辞了。而寒山寺也经历了很多次焚灭和重建，现在的寒山寺也不是当初张继眼里所见的寒山寺了，只有钟声还在夜半响起。

时光饕餮，吃尽了人间无数的繁华与幻梦，却吃不尽人们月落乌啼时听到那夜半钟声的情动。任你饕餮，时光的长河里仍旧是半夜乌啼霜正满，仍有一帆斜月过枫桥……

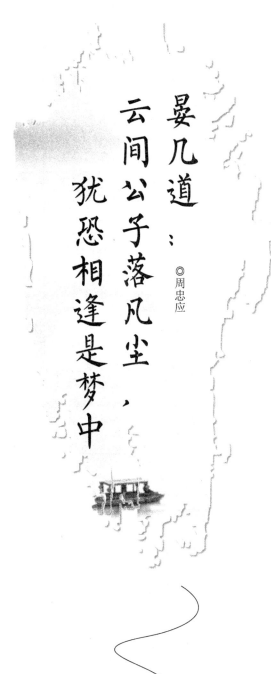

晏几道：
云间公子落凡尘，
犹恐相逢是梦中

◎周忠应

晏殊子女很多，他去世时还有七个子女未成年，晏几道十七岁，还未行冠礼，所以也算得上是未成年人，不能自谋生路，靠二哥和二嫂抚养。

长大后的晏殊，没有参加过正式的科考，因父亲的荫庇，被授予太常寺太祝一职。

晏几道一家人都是当官的：两个姐夫，一个是后来做了宰相的富弼，一个是礼部尚书杨察。有这样好的家世背景，文采又好，如果稍有抱负，就不会只做一些类似乾宁军通判、开封府推官之类的小官了。但以晏几道的性格，让他拉下面子求人，几乎不可能。

有人说他"才有余而德不足"，"德不足"实际上是说他傲，不会为人处世。黄庭坚的《小山词序》也许给我们一个最好的解释："人爱叔原者，皆愠而问其旨：'仕宦连蹇，而不能一傍贵人之门，是一痴也。论文自有体，不肯作一新进语，此又一痴也。费资千百万，家人寒饥，而面有孺子之色，此又一痴也。人皆负之而不恨，己信之终不疑其欺己，此又一痴也。'乃共以为然。"从四痴就能看到他孤芳自洁的个性。

晏殊在世时，晏几道"大树底下好乘凉"，可以任着自己的性情来。晏殊去世，保护伞没了，受到一些冷遇其实很正常，然而，他接受不了这种落差。比如让苏轼吃闭门羹。当时苏轼正受赏识，迁中书舍人、翰林学士，春风得意，想通过学生黄庭坚引荐，去拜访晏几道。不料，晏几道从破旧的屋子里踱出来，背着手，冷冷地道："当今朝廷高官，多半是我晏府当年的旧客门生，我连他们都无暇接见，更何况你！"然后他掉头回屋，喝令送客。就这样，苏轼碰了一鼻子灰。

黄庭坚最佩服晏几道，说他的词可以"动摇人心"，黄庭坚也最了解他，曾经又爱又怜地说他是人中精英，但又太痴了，痴者有四：不傍贵人，不意仕途，不顾家人，不恨负人（负心人）。蔡京当道时，听说了晏几道的盛名，几次派人请他作词，他都没有答应，后来实在推辞不过，就作了两首应付。

他只喜欢和气味相投的人往来，郑侠就是一位。此人二十七岁中进士，后来成了王安石的学生，但他反对王安石变法，又是上《流民图》，又是写奏章，后来惹怒皇帝，被治罪。

政敌们在郑侠家中找到一首晏几道的诗，上纲上线说此诗也有影射新法之嫌，于是，晏几道被抓进了大牢。

如此一折腾，晏几道的家就败了，从此，他看透世态炎凉，变得更加孤傲。他出狱后拙于谋生，境况日下，四十多岁时才做了小官，晚年甚至到了衣食不能自给的程度。"旧时王谢堂前燕，飞入寻常百姓家"，这种"从云端坠入凡尘"的坎坷经历，使得本就脆弱敏感的晏几道格外伤感、沉沦、孤独。

他无力改变现实，只能凭借手里的笔墨，通过写诗作词，缅怀既往的辉煌岁月，抒发今昔盛衰的人生感叹。

宋朝的贾宝玉

他的身世，有点像后世的曹雪芹，从含着金钥匙出生的幸运儿，到衣食无着的落魄人，由诗礼簪缨之族到食粥赊酒之家，如坐过山车，所以有人戏称他为"宋朝的贾宝玉"。

他沉浸在他的小世界里，执着地书写他的儿女情长，写得荡气回肠，如泣如诉，被人称为"古之伤心人"。他写过一首《生查子》，一句"两鬓可怜青，只为相思老"可以说是他一生诗酒风流的写照。黄庭坚说晏几道有四痴，其实说得还不全面，这四痴之后，应该加上一个"情痴"。

窗外雨声又起，我读起晏几道的这首《长相思》：长相思，长相思。若问相思甚了期，除非相见时。长相思，长相思。欲把相思说似谁，浅情人不知。

若非有刻骨铭心的爱情体验，是断然写不出如此好词的。

晏几道词中确切记载的歌女有四位，分别叫作：莲、鸿、苹、云。这四位女子，是他的好友沈廉叔与陈君龙家的歌女，个个貌美如花，能歌善舞，每当和这两位朋友聚会，晏几道就要写几首词让她们唱，这是晏几道一生中最为逍遥的好时光！

晏几道在《木兰花》里写她有时会顽皮地抢着喝一点酒，其实她根本没酒量，喝一点就醉了，借着醉意，弹筝时狂态十足，特别惊艳。

但后来，沈廉叔早早过世，陈君龙也卧病不起，莲、鸿、苹、云这几位歌女也都散了，消失在沧海人烟之中。

晏几道一直无法忘掉她们。在一次酒宴上，他竟和其中一位歌女重逢了。惊喜交加又无限伤感，他写下了这首流传千古的《鹧鸪天》。

这是一场以喝酒跳舞为幌子的激情热恋，而狂欢过后却是深深的失落。重逢了又怎样，此时的晏几道，自家生活都难保，只好与歌女忍痛分别，从此形同陌路，这是怎样一种剜心的痛？

三
行云无定，犹到梦魂中

沉湎于往事与记忆，晏几道就特别喜欢做梦，《小山词》里，"梦"字竟出现六十余次。晏几道还直言不讳地说："所记悲欢合离之事，如幻、如电、如昨梦前尘。"从梦境的闪回、梦中的热恋、梦态的抒情筑构了他心中的红楼之梦。

然而，并非所有的梦都是美丽的，有时连梦中的追求也难实现。所以《小山词》中还有不少凄凉的梦。如："梦入江南烟水路，行尽江南，不与离人遇。睡里消魂无说处，觉来惆怅消魂误。"

就晏几道的词来看，他要求的不过是真挚的情爱罢了。然而真正的情爱并不属于他。他只能寻求唯一的安慰：梦。谁知如今连梦也不属于词人了。他怎能不悲从中来？

为了获得更多的好梦，词人往往要借助醉酒的力量。小山词中，"酒"与"醉"常常同"梦"紧密联系在一起，成为孪生姊妹。且看《踏莎行》："绿径穿花，红楼压水。寻芳误到蓬莱地。玉颜人是蕊珠仙，相逢展尽双蛾翠。梦草闲眠，流觞浅醉，一春总见瀛州事。别来双燕又西飞，无端不寄相思字。""梦"与"醉"已难解难分。

人睡着时可以比清醒时更少受客观社会现实的约束，他可以借梦境纵情抒发自己的感情。所以他对梦有特别的偏爱。他存储的梦实在够多了，他怕梦境失落，于是及时用诗的语言，把梦凝固下来。于是，《小山词》便成为作者的梦的画廊。

晏几道并非一开始就沉溺在梦境之中。早年，他是一个非常清醒的人。《花庵词选》选晏几道的《鹧鸪天》，据夏承焘《二晏年谱》，这年晏几道约十五六岁。他这首词已写得相当不错了：碧藕花开水殿凉，万年枝外转红阳。升平歌管随天仗，祥瑞封章满御床。金掌露，玉炉香，岁华方共圣恩长。皇州又奏圜扉静，十样宫眉捧寿觞。

透过歌舞升平的词句可以看出，词人所写的乃是一片欣欣向荣的初夏风光，象征着北宋王朝正向它繁荣的峰巅爬升。此时，他自己也满怀希望，"潜心六艺，玩思百家"，"文章翰墨，自立规模，持论甚高，未尝以沽世"。

但是，现实世界总把晏几道拒之门外，意识深处的梦幻世界收容了他。"梦"，成为晏几道难以释解的情结。

张充和：
心有静气，一生从容

◎李　娟

　　2015年6月18日，民国最后一位才女张充和先生在美国去世，享年102岁。看她年轻时的照片，穿素色旗袍坐在竹椅上，眼神清澈，端庄清丽，美如一块碧玉。不由让我们想再一次听张充和先生讲讲流年往事，感怀一代民国闺秀的大家风范。

　　合肥张氏四姐妹自幼生长在苏州的诗书世家，琴曲书画，诗词歌赋，无所不精。这四位女子是张元和、张允和、张兆和、张充和。张充和先生是姐妹中最小的一位。

　　叶圣陶曾说："九如巷张家的四个才女，谁娶了她们都会幸福一辈子。"大姐张元和的夫君是昆曲名家顾传玠，二姐张允和的夫君是周有光，三姐张兆和的夫君是沈从文，张充和则嫁给了德裔美籍汉学家傅汉思。

　　她少年时，家中姐妹合办一本刊物《水》，有文章、诗词、绘画、书法，从编辑、抄写，到装帧、出版都是姐妹们自己动手，多么清雅而有情趣的一家人啊。

　　第一次见张充和先生的书法，是在湘西凤凰沈从文先生的墓碑上。上面刻着她题的挽词："不折不从，亦慈亦让；星斗其文，赤子其人。"晋人小楷，风骨秀逸，四句诗中镶嵌四个字："从文让人"，几乎概括了沈先生的一生。我以为"让"字最好，沈先生一生的为人，慈悲，善良，宽容，他将一生的坎坷屈辱都忍让了，只留下文字的脉脉清香，随着沱江的清流飘向远方。

　　张充和幼年时未进过学堂，在家中和名师朱谟钦学习古文和书法，16岁师从昆曲名家沈传芷学昆曲，19岁以国文第一名、数学零分的成绩考入北大中文系。那时她爱戴一顶红帽子，骑着单车穿行在北大的林荫道上，北大学生称她"小红帽"。她洒脱灵秀，冰雪聪明，尤其昆曲唱得细腻婉转，风情万种。在北大曾和胡适、沈尹默、章士钊、沈从文、张大千、卞之琳皆师友相从。那时的生活真是风花雪月，海棠结社，姹紫嫣红，多少浪漫和诗意。

　　汪曾祺先生在文章中写唱昆曲的她："张充和唱昆曲，是水磨腔，娇慵醉媚，若不胜情，难以比拟。"抗战结束，她在苏州拙政园的一叶兰舟上唱昆曲："良辰美景奈何天，赏心乐事谁家院……"亭台水榭间，临水照花人，真是倾国倾城，绝代风华。

　　难怪诗人卞之琳一次偶然遇见她，便情不知所起，一往而深。那份爱情，是一场美丽的意外。也许，邂逅一个人，只需短短的一瞬间，而爱上一个人，往往是一生。年轻的诗人写过许多首诗给她，比如《断章》："你站在桥上看风景，看风景的人在楼上看你。明月装饰了你的窗子，你装饰了别人的梦。"其实，张充和就是"装饰了别人的梦"的"你"。诗人一生爱慕她，写过上百封信给她，都没有回应。此时，她已经心有所属，后来嫁给了汉学家傅汉思移居美国，和傅汉思一起在耶鲁大学任教，她教书法和昆曲。

诗人的爱情原来只是一场单相思。那是一个人的华宴，一个人的忧伤，她成了诗人心中的一轮明月，一枚碧玉，成了诗人心里的人间四月天，他惦念着，欢喜着，迷恋着。正如歌德的话："我爱你，与你无关。"有的爱情，不要回报，也不要掌声，诗人的苦恋没有缔结一段完美的爱情，却成就了一位杰出的爱情诗人。气质如兰的女子，怎能不让诗人一辈子心心念念。有些人，一生也不会走进你的生活，但是，她一直都深藏在你的心里。

抗战期间，在重庆她师从书法名家沈尹默先生学习书法。沈尹默先生以"明人学晋人书"称赞她的书法。如今，翻阅她的书法作品集《古色今香》，其中收录了八十多年来她的书法精品，让人不由得惊叹中国汉字的大美。她的书法品格极高，尤精小楷。楷书似文人，一笔一画，端然静气，沉稳飘逸，如兰花摇曳，字字生姿。她也终成一代书法大师。

那次，她和苏炜讲起老师沈尹默先生。还在重庆时，一天下午，她和沈先生一起在餐馆用餐，饭后，沈先生不放心她一个人回家，执意要送她到公交车站。此时，暮色四合，沈先生却是高达一千多度的近视眼。等公交车来了，她和沈先生挥手道别，却没上公交车。沈先生以为她已经上车，转身离去。她便偷偷地跟在沈先生身后，看着他在暮色里摸摸索索，一路磕磕绊绊寻回了家，她才放心离去。她说，沈先生一直没有发现我跟着他呢……暮年时她讲起这段往事，忍不住"咯咯"地笑起来，如少女一般调皮可爱，此刻，你仿佛看见她年轻时俏丽活泼的模样。

张先生写书法时，多用珍藏明清时期的古墨，墨上面刻着一行小诗：一生知己是梅花。她慢慢地研磨，静静地书写。古老的墨是光阴凝结的一枚琥珀，有岁月沉淀的松柏的清香，轻轻敲击，还有金石之声。她说，古墨写出来的字都是有香味的。可不是吗？用这样的古墨，写兰草一般的书法，真是留得年年纸上香。

作家董桥最喜欢她的书法，他说，我迷张先生的书法迷了好多年，秀慧的笔势，孕育温存的学养，集字成篇。

她独特的气质，都是诗书滋养的精神之美。她是集学识才艺、琴曲书画于一身的人，也是将东方的古典美和优雅携带一生的人，更是将艺术之美携带一生的人。我们常人被尘埃淹没的艺术知觉，在她的心里都完美无缺地保留了下来。

只有心中有静气的人，仿佛一生都在品茶，水是沸腾的，心是安静的。看世事沧桑，风云变幻，她沉静从容，气定神闲。

书法和昆曲是她一生的知己。她一生去过许多的地方，但是，似乎永远活在青春年少时的苏州园林，活在杏花春雨里的江南水乡，活在才子佳人流丽悠远的昆曲中。她每天依然唱曲，习字，吹笛，作诗，一生徜徉在艺术的天空里，最美的人生也不过如此。

张充和在1985年70岁时，以隶书曾写下一联：十分冷淡存知己，一曲微茫度此生。百岁的张充和依然秀丽、洁净、清贵，常穿着一袭典雅的旗袍，清风秀骨，仪态万方。她和夫君傅汉思是一对柴米夫妻，也是神仙眷侣，他们举案齐眉，琴瑟相合，牵手走过半个多世纪。结婚20周年纪念日，她曾题诗给他："莫求他世神仙侣，珍重今世未了情。"她百年的人生，爱情，艺术都如此和谐和圆满。

喜欢她的诗："愿为波底蝶，随意到天涯。"自由潇洒，诗意流淌。暮年的她仿佛是一只张着翅膀的彩蝶，停留在岁月深处，风姿翩翩，神情端然。

春花秋月何时了，往事知多少。百年的闺秀，仿佛是时光的代言者。如果，一个世纪的流年往事都是历史烟云中的山水画卷，那么，她则是山水云烟中的一幅水墨留白，有着穿透岁月的恒久之美，人格之美。

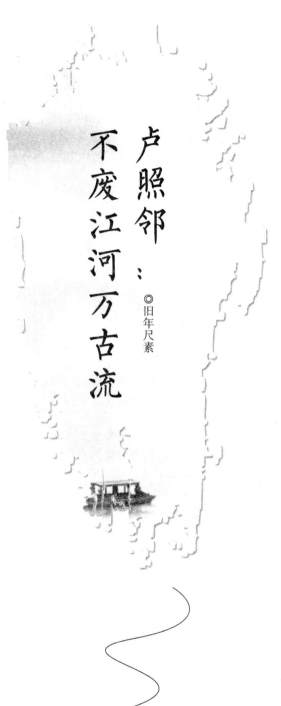

卢照邻：不废江河万古流

◎旧年尺素

一方池塘，晓色渐开。月华清朗，荷香悠荡。是谁，抚琴独坐？是谁，月下独酌？是谁，从时光深处走来，看不清面容，只有婆娑的影子，摇曳着初唐的歌谣？

唐朝，如何去评说这个时代？是日光随意，河水任性的潇洒；是天涯咫尺，海内知己的豁达；是大漠孤烟，长河落日的壮观；是长风破浪，直挂云帆的豪情；还是青鸟传信，芭蕉愁结的情思……这是一个道不尽的时代，太多人太多事值得评说，然而，我的笔，停留在他的目光中，那么久。我决定为他画一幅像。

他，便是初唐四杰之一——卢照邻。

有人说过，初唐四杰，个个都是神童出身。事实亦如此，卢照邻不是没有过风轻云淡的日子，那些时光应该是他一生最骄傲、最惬意的回忆了。自小便才高八斗，被伯乐看中，年纪轻轻便入了仕途，一切看似那么顺利，正是春风得意马蹄疾，一日望尽长安花。

只是，他似乎不打算长居长安，高宗乾封三年，便调任益州新都，从此开始了长达数载的蜀地漫游。

那是记忆里的万水千山，处处芳草鲜美，落英缤纷。他会在闲暇的时光里看看山水，种花养草，或是秉烛夜赏昙花，抑或是踏着晨霜望见第一缕阳光下的枫林。偶尔伤秋，写下"常恐秋风早，飘零君不知"的诗句；偶尔雅兴大发，仰天长吟"已乘千里兴，还抚一弦琴"；偶尔读读《老子》，默念"徘徊拜真老，万里见风烟"。时光好似一湾没有波澜的湖水，他坐在时光里处变不惊，依旧被称为才子，他的山水，他的青烟，他的诗画，美得不经意。

那时候的他，就算真的有什么烦恼与无奈，也只能是客居他乡，与妻子天各一方了。更何况驿寄梅花，鸿雁传书在思乡甚浓的时候，也不失为最浪漫的倾诉。

在不过二十几岁的年纪里，卢照邻可谓是年少有为，青年才俊。他有那么多关于未来的设想，那么多美好的蓝图。他确实是不甘于这样安详静谧的生活，虽然可以饮酒烹茶，却总是少了人生最大的乐趣。他想，是时候回到长安了，是时候看看不一样的天地了。

一切似乎很顺利，他托朋友在长安谋了新的职位，即刻上马，似乎就能看到他梦寐以求的未来。

只是当境况太过顺利的时候，许多人都会想起那句话：福兮祸所伏，祸兮福所倚。在他二十八岁时，人生的第一次噩耗传来，结发妻子病故。

还没有踏上回长安的路，便飞来横祸，卢照邻措手不及，锒铛入狱。那是怎样的一个冬天？怀着莫大的冤情在冰冷潮湿的牢房里，他的心暗无天日。妻子的离世，已经令他彷徨不已，而今仕途受挫，怎能不心寒？好在，还有朋友的庇护，他才不致落得更狼狈的下场。

终于重见天日，好大的雪让他望不到前路。一片白茫茫，路又在何方？

厄运的脚步似乎并不打算停止，这仅仅是个开始。有时候，很多人都会想，卢照邻的前半生把好运耗尽了吧。出狱没多久，朝廷颁布政令，他又有了新的官职，这似乎是最后一丝安慰了，他的嘴角终于扬起了许久未见的笑容。但很快他便染上恶疾，虽得友人尽力医治，但病还是一日重过一日。时间最能告诉人们真相，它留给卢照邻的是一双残疾的手脚。至此，他与仕途再无缘分，即便仍能够在某些人门下做幕僚，也终是无济于事了。

已忍伶俜十年事，强移栖息一枝安。

自此，他一生自称幽忧子。所作诗词文赋中，皆是无奈与不甘。而他此时不过不惑之年，人生最能够大展宏图的时光，他却不得不归隐山林，拖着一副残缺的皮囊，终日愤愤。《病梨树赋》就是在这个时候出现的，那是他居住的院子里的一棵梨树，似他一般，病了。它"围才数握，高仅盈丈。花实憔，似不任乎岁寒；枝叶零丁，才有意乎朝暮。"也许，照邻此刻觉得自己找到知音了，他如同那院中的病梨树，望不到天日，只能在病榻上苟延残喘。

树犹如此，人何以堪？

他在岁月的暗陬里呐喊，却无人听得见。容色朝朝落，思君君不知。多少年，已经数不清了。

是在怎样的心情下，他挥笔写下《五悲》？那一定是个漫漫长夜，院落寂静无声，只有风扯碎树叶的声音，伴随着一声声沉重的叹息，重重地敲打着紧闭深门。幽阶一夜苔生，有谁怜？星辰如许。几万光年外的星辉好似无边的希望，在此刻，却更像是嘲弄。在与人生的这场搏斗中，身患幽忧之疾的卢照邻已经走投无路，没有柳暗花明又一村，只有山重水复疑无路。

当年的那份洒脱与飘逸，如今哪里还能再得。卧榻之身，满是悲戚。即便身居鸟语悠悠，树影婆娑的幽静中，也不知闲情逸致为何物了。

他想起当年写的诗句：日晚菱歌唱，风烟满夕阳。多么温馨的画，多么平淡的景，却读得热泪盈眶，他已经忘记生活的滋味了，因为尝到的只有愁与苦。

这样看来，其实卢照邻是一个固执的人。他的诗文中，常常有老子的思想，而我却想，他从未真正领悟老子的精神。假如有那么一丝参悟，他便不会如此固执，那一颗兼济天下的心如果早些放下，世人看到的将不会是这样一位幽忧子。

他的固执，就像年年生长的树木，扎根大地，生生不息。他不放弃希望，也终于绝望。再也没有"河葭肃徂暑，江树起初凉"的诗句，他失去那份淡然，或者说他从未真正拥有那份淡然。大半生的时光都在不肯适应中度过，而他的身体却不愿给他多一丝的勇气。

朋友重新为他购置了房舍，屋子外，便是颍水。

夕阳无限好。他来到江边，多少年了，都要忘记浩浩江水的模样了。夕阳用最盛大的光辉将他包裹其中，无限温暖。他望着那片光，眼睛有些疲惫，那光芒太温柔，铺在江面上，美得无法言喻。

他想，也许，这便是最好的结局了。人世的悲苦，用尽几十年的光阴一一尝遍，而如今，真的不能再继续了。活着，于他而言，早已成为一种拖累，累及他人，累及灵魂。好在，还有一场回忆相伴，荣华富贵也看过，万水千山也踏遍。人生哪能无憾，你看那夕阳，也有被云彩遮住霞光的一天。

优美的弧线，纵身一跃。那是时光的定格，我们望不到的尽头。夕阳的光是他最后一次绽放，只是近黄昏。江河万古不枯流，悠悠不尽故人情。

汪国真：
槐花正香，月色正明

◎泊　月

＋一＋

他写过：我喜欢出发。凡是到达的地方，都属于昨天。哪怕那山再青，那水再秀，那风再温柔。太深的流连便成了一种羁绊，绊住的不仅有双脚，还有未来。

他写过：春天总是那么柳绿花红 风情万种，不由疏远了刚刚的霾重风轻 雪寒冰冷，看多了世间沉浮，渐渐变得波澜不惊，非我超然 非我从容，我醒只是因曾经深迷，我悦只是因曾经极痛。

……

他写过很多经典的诗歌，但是在2015年4月26日之后，这个世界不但少了诗一样的语言，而且也少了一位曾经被称为"诗坛王子"的诗人。他是汪国真，这一天，他因病辞世。他的突然离世瞬间让人心收紧，难过——

演员赵薇发微博：我不去想是否能够成功/既然选择了远方/便只顾风雨兼程/我不去想能否赢得爱情/既然钟情于玫瑰/就勇敢地吐露真诚/我不去想身后会不会袭来寒风冷雨/既然目标是地平线/留给世界的只能是背影（汪国真《热爱生命》）。小学曾经手抄到笔记本上的一首诗。

编剧宋方金微博写：我在贫瘠的乡村中学读书时，汪国真的诗是天空中的蔚蓝。是远方。是

海的回响。是苦寒之地的玫瑰。我曾无数次背诵他的诗。我热爱他的诗，为此曾跟很多诗人争论。"只要明天还在/我就不会悲哀"。

不是每个诗人都能有这么深远的影响。汪国真不同，他的诗几乎影响了整整一代人，他曾被称为"最后一个辉煌的诗人"。《热爱生命》《跨越自己》《只要明天还在》《旅程》《走向远方》……汪国真创作的这些主题昂扬而超脱的诗歌，引发了20世纪90年代初期的"汪国真热"。彼时，很多高中生是伴随着汪国真的诗歌名句长大的，在笔记本上，在贺卡上，在日记本里，汪国真用诗歌给一代人励志。

＋二＋

汪国真祖籍福建厦门，生于北京。他中学毕业以后进入北京第三光学仪器厂当工人。后考入广东暨南大学中文系。由于当时高校里的文学创作氛围很浓，他也拿起了笔。至于为何选择诗歌而不是散文或小说，汪国真曾经幽默地回答：有两个原因，一是自己经常会有诗歌的火花，二是当年字写得非常差，为防止投稿后编辑看不下去，我就选择写诗。

后来，《中国青年报》校园版刊登了汪国真的第一首诗——《晨练》：天将晓/同学起来早/

打拳做操练长跑/锻炼/身体好。

汪国真曾自称其创作得益于4个人：李商隐、李清照、普希金、狄金森。追求普希金的抒情、狄金森的凝练、李商隐的警策、李清照的清丽。他也曾称他的诗歌创作一直遵循三条规律：通俗易懂、引起共鸣、诗句经得起品味。而这三个条件也正是掀起"汪国真热"的秘诀。

任何人的成功都不是件容易的事。汪国真是一个在平静中等待与坚持的人。三十而立却一事无成，34岁突然成名，但如同昙花一现，之后又归于寂静。甚至在随后的20年寂静中，他仍在坚持，只是换了一种方式。

汪国真总在想，年近三十不再年轻，事业和爱情还是一事无成，没有成功的东西可以证明自己，当时感觉人生变得十分紧迫，极度迷茫与困顿。成名多年后，汪国真仍然深切记得年轻时的苦恼。

那时，28岁的汪国真经常捧着写满诗歌的本子，从一家编辑部跑到另一家。青年汪国真的诗，仅仅被他自己欣赏，甚至连一些不知名的文学刊物都拒绝刊登他的作品。巨大的挫败感，让汪国真品尝着烦恼与苦闷的滋味。在《热爱生命》里，汪国真写下："我不去想是否能够成功，既然选择了远方，便只顾风雨兼程。"这三句，描绘的正是他当时的心情。这首可视为汪国真代表作的诗，4年里，在北京、四川两家期刊转了一圈，都没人愿意发表，最后只能被汪国真默默收存起来。这时的他，从暨南大学中文系毕业两年，在中国艺术研究院工作，只能"继续坚持下去，无论生活以什么方式回敬我"。

汪国真从大学时代就开始写诗，他喜欢把思绪与想象直白地表达出来。工作后的几年里，汪国真依旧给各家杂志寄去诗歌，热情不减，甚至逃课去图书馆抄写刊物的通信地址。于是周围总是传来不同版本的嘲笑声，说他根本不是这块材料，诗写得太烂了。汪国真的回答很简单——每天下班早早回家，埋头写作，创作的速度很快、量很多，一年不止写365首。一成不变的，还有大量的阅读，没有一种创作能离开积累。

即使所有人都不相信他，汪国真仍然相信自己，否则也不会写出"倘若才华得不到承认，与其诅咒，不如坚忍，在坚忍中积蓄力量"，不会写出"不站起来，才不会倒下"的经典诗句。

付出终有回报。进入20世纪90年代，被长期压抑的文学创作终于像度过冬天的草地，开始萌动发芽。1990年，第一本诗集《年轻的潮》出版，汪国真这个名字被推向全国。连汪国真自己都没想到，诗歌的手抄本几乎一夜之间风靡全国。

生活中有丑恶、狭隘、沮丧、让人沉沦的东西，也有积极乐观的东西，汪国真的诗歌就是展现美好人性、阐述心灵、积极明亮的，里面提到的问题，是那个年代年轻人经常遇到的烦恼、挫折、迷茫与困难。而稍含哲理又比较超脱的解答，给当时的年轻人提供了慰藉心灵、解决人生难题的办法。一位读者给汪国真写信说，与其说是读诗，不如说是读自己的心声。

但名声与非议像是孪生兄弟，从来都是相伴而生。即使在汪国真"大热"之时，不同声音也从未停止过。当时有相当一部分人认为，汪国真的诗歌"肤浅而单薄"。而汪国真的态度自始至终就像他诗歌里写的那样："我微笑着面对生活。"

除此之外，大红大紫的汪国真遇到一个问题：字写得很差。年轻的汪国真就想证明另外一件事他也能做好。于是，汪国真开始临摹欧阳询的楷书、王羲之的行书以及草书。与此同时，汪国真还在向更多领域进军。出音乐专辑，筹备音乐会，出书画集，此外诗集也在出，一年多的时间出了4本诗集。好在汪国真无论在喧哗还是寂静中一直保持清醒，坚持随遇而安的人生态度。

三

斯人已去，诗心永存。

明星、学者及所有手抄过汪国真诗歌的普通读者在网上纷纷用重读诗歌的方式缅怀汪国真。《叠纸船的女孩》《假如你不够快乐》《学会等待》……总有一首诗会让你想起他。

曾在分享个人艺术创作体会时，汪国真说得最多的一句话就是：诗是从日常生活中来。是他的分享让我们懂得了琐碎日常也可以诗歌般美丽。

此刻，让我们怀着特有的"诗心诗情"一边读诗，一边拭干因诗人辞世而流下的泪水——

我知道/当你拭干面颊上的泪水/你会粲然一笑/那时 我会轻轻对你说/走吧 你看/槐花正香月色正明。

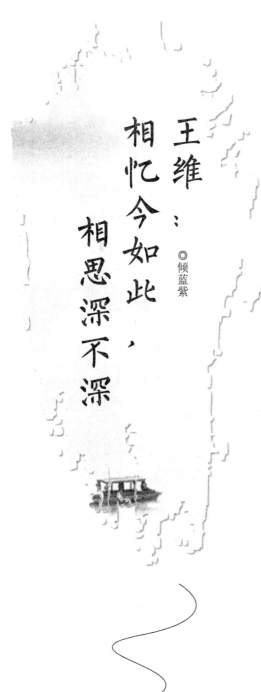

王维：
相忆今如此，
相思深不深

◎倾蓝紫

桂花都开好了，裴秀才你什么时候进南山陪我一起看花？芙蓉花都开好了，裴秀才你什么时候入辋川陪我一起看花？

南山里等了许久，他的裴秀才没有来，他只好自己去了，写下了一个人的南山："人间桂花落，夜静春山空。月出惊山鸟，时鸣春涧中。"辋川里等了许久，他的裴秀才没有来，他只好一个人去了，写下了一个人的辛夷坞："木末芙蓉花，山中发红萼。涧户寂无人，纷纷开且落。"

他们不在一起的时候，王维写信给裴秀才说："因为你要温书考试，我不能叨扰，遂一人去游了辋川。等到了春天，草木都长起来了，你能来跟我一起玩吗？"

写完这封信，王维就把它交给到山里来驮黄柏的药农，让他帮忙送到城里去……

后来，禁不住王维等，裴迪果然来陪他一起玩了，但他到的时候已是秋天。自己只凭冬天的一封约他一起来玩的信，他就在秋天来了，还错过了摩诘约的春期，不知秋天他心中的这座南山还在不在呵？

此刻，那白衣的书生划过多少荷池才来找到你，而此刻，这个一直考试不中的书生，将因为此时身在辋川的你不作他顾的专注的相望，而得到一生最大的欣赏，以及之后千年读诗人的欣羡，有多少人愿作那在临湖亭上的小船的书生，手持一柄烟雨，白衣飘飘向你划来，从此你的辋川里就涉履上了他的名字。

诗人与诗人久别重逢，见面不语，唯诗先赠，都不想说红尘事，唯将一片卧云情都赋予诗意的南山。裴迪在辋川别业小住了几日，他们在一起，在辋川山谷。

一个红尘中人总有生于红尘归回红尘的时候，短暂的相聚后，裴迪终究要离开辋川。看着远去的小舟，王维陡然而生一种小女子的情绪："吹箫凌极浦，日暮送夫君。湖上一回首，山青卷白云。"但离去的人不懂他的情，只有一种处于江湖中的浩然之气，而长啸一声："空阔湖水广，青荧天色同。舣舟一长啸，四面来清风。"

在裴迪离去后，没有他的辋川，失望的摩诘说："不相见，不相见来久。日日泉水头，常忆同携手。携手本同心，复叹忽分襟。相忆今如此，相思深不深？"

裴迪不像王维登临人生高峰已领略了会当凌绝顶一览众山小的风光，反而更生走到深谷里涉辋川之心。裴迪金榜未题名，也许很多年后，他才会真正体味到"浮名竟何益，从此愿栖禅"的人生的况味。只怕自己想明白的时候，那个人已青山埋骨，摩诘的世界已是空山不见人。

755年，突然渔阳鼙鼓动地来，城塌了，王维来不及逃出，顿陷图圄，他服药装哑，被叛军带往洛阳拘禁在菩提寺里。叛军强授他"给事中"官职，负责"驳正政令违失"，相当于行政稽查官。

此时依旧一介白衣的裴秀才为他奔赴千里赶到洛阳菩提寺，在萧条破败的拘室里看见了那个在辋川"独坐幽篁里，弹琴复长啸"的摩诘兄。摩诘还是那个摩诘，他等到了他的牧童，露出了久违的微笑，裴秀才哽咽相问："听说你重病一场，已不能说话了？"摩诘看看外面无人，嘶哑着声音说装的。千言万语都堵在一句："你受苦了。"泪水便已决堤。

裴迪跟摩诘聊起外面的局势，听完摩诘泣不成声，不得不走的裴迪问摩诘是否有话需要他带出去，摩诘流着泪想了想，便在裴迪面前低低念诵一诗："万户伤心生野烟，百官何日更朝天？秋槐叶落空宫里，凝碧池头奏管弦。"

裴迪站起来要走，夕阳的余晖从窗棱里照进来，摩诘恍然回到以前的时光，又拉住裴迪再悄悄念一诗给他，这诗是送给他的裴秀才的："安提舍尘网，拂衣辞世喧。悠然策藜杖，归向桃花源。"鲜衣怒马的日子，我已忘了，明月轻舟的过往，我还记得。如果以后你我各自平安，那我们再携手赴辋川！

757年，唐军收复洛阳，唐肃宗回到长安，而王维等犯官从洛阳被押回长安，囚于宣阳里杨国忠宅，等候发落。

天子重上朝堂，王维被问罪了，因为他是在安禄山手下任"伪职"的官员。但裴秀才为他传出来的那诗，让皇帝明了他的一片忠心，此时那时留守太原立了大功的王缙也站出来，愿意削自己的刑部侍郎官职以赎兄罪。于是王维被特赦了。但他的辋川梦因为朝廷一再挽留终成空，他的心一直都想要行至水穷处，可是他自己的身却直上青云，想要坐看云起，自己却成了青云。

年轻的时候，他说君王不知他的心，他的心就是要直挂云帆济沧海，但年老的时候，他才知道，君王真正不懂的是他的拂衣之心，他连临岸老僧都做不了，只能做个紫衣老生临岸久，悔与沧浪有旧期。

就在摩诘在大唐的朝堂上身不甘心不愿地步步高升时，一直未入仕的裴秀才则继续跟随着为哥哥而被减罪的王缙南下去了蜀地并认识了杜甫，杜甫为他写了一首清寂的诗："蝉声集古寺，鸟影度寒塘。"

裴迪在诗人的诗里就真如鸟影度寒塘，从此了无痕。一场珠零玉落后，他们携手而作的辋川梦，都被风云吹散了去，他们的字字珠玑，都成了那珊瑚珠翠，华贵地失散。

时间如落花流水无言度，他们各自行了各自的路，从此红尘诗陌上再不见相问，他们都迷了路，从此都是那不能再入桃源的武陵人。

公元744年，裴迪正在家里温习经书，有叩叩的敲门声清脆地传来，他按捺不住好奇向窗外张望，此时闭门谢客的自己会有谁来？门口一阵喁喁的说话声后，书童便拿着一封信前来，说是蓝田辋川的药农送来一封信，原来是摩诘兄！

裴迪展开信，按捺不住欢喜地读着摩诘的信："近腊月下，景气和畅，故山殊可过。足下方温经，猥不敢相烦，辄便往山中，憩感配寺，与山僧饭讫而去。北涉玄灞，清月映郭，夜登华子冈，辋水沦涟，与月上下。寒山远火，明灭林外。深巷寒犬，吠声如豹。村墟夜舂，复与疏钟相间。此时独坐，僮仆静默，多思曩昔携手赋诗，步仄径，临清流也。当待春中，草木蔓发，春山可望，轻鲦出水，白鸥矫翼，露湿青皋，麦陇朝雊，斯之不远，倘能从我游乎？非子天机清妙者，岂能以此不急之务相邀。然是中有深趣矣！无忽。因驮黄檗人往，不一。山中人王维白。"

读完，裴迪想说，摩诘兄啊，在你独游辋川的夜晚，我独自读书简直是种罪过，书里有我的名利场，却不能有你眼里千里相照的明月光，书里有我的万钟禄，却不能有你山中的灯火阑珊。晚冬的辋川，没有春山，却有你优美的文字，让我听到了辋川溪水的清声，闻到了蓝田枯草的气息，听到了终南山里僧院的钟声，以及村落里谁家的小犬在吠月，又谁家的春在春夜？你独坐的时候，我多愿是那你身旁静默的僮仆，与你一起思及携手赋诗的往昔……

白衣的书生看着眼前窗外未发的柳树，冬天就要过去了，相见的日子还会远吗？

此去经年后，漂泊已久的他蓦然回首，看见那人还在南山的云深之处，长啸万里，呼唤自己去相见……

杨绛：我和谁都不争，和谁争我都不屑

◎梅 子

一

我和谁都不争，和谁争我都不屑；我爱大自然，其次就是艺术；我双手烤着生命之火取暖；火萎了，我也准备走了。

这是英国诗人兰德的《我和谁都不争》，因为杨绛，而为诸多中国读者所熟知。2016年5月25日凌晨，杨绛在北京病逝，这首诗也仿佛是她的写照一般，火萎了，她也走了……

杨绛是一位优秀的翻译家。20世纪50年代，中国进入一个政治运动层出不穷的时代，为避因言获罪之灾，杨绛暗下决心，再不作文，潜心翻译，谓之"借此遁身"。好的译文，翻译的技巧、对所译文字的良好语感均为重要因素。这首"不争"，更因其暗合了杨绛的心性，熔铸了她对生命与生活的个性审美与深沉情感，才被译得这般熨帖。以致几乎成了杨绛淡泊人生与高尚人格的最简确的写照。

那年，存藏了这首诗，认识杨绛也打此开始。

在这个最合宜拾字取暖的季节，陆续读了杨绛的《洗澡》《我们仨》《将饮茶》《干校六记》《我们的钱瑗》《走到人生边上》等一系列作品，深入杨绛简淡从容的文字，感知一位高知女性单纯而低调的生活方式，清醒而坚定的人生立场，以及恬静而淡泊的人生情怀。

杨绛的文字大多不动声色，不示阴晴，平白朴素，又异常简净从容。即便悲伤，也不会恸哭；即便愤怒，也不会咆哮；即便是女儿钱瑗去世，她在文字里也没有呼天抢地，大放悲声，而是用一种竭力的退缩和节制，努力维持着冷静而

饱含苦痛的叙述，真切地传达着一位年迈的母亲失去女儿内心无以复加的凄楚悲怆和无以躲闪的揪心疼痛。

我第一次感到震撼——平白如斯的文字，竟可以产生这样巨大的表现力和感染力……国外的留学生活，干校的改造生活，"文革"的缩影，对父亲和姑母的深情回忆，对女儿钱瑗一生的心疼追忆……点点滴滴，娓娓道来。她以简淡的文字，叙述着平凡的日子，看似不着气力，不事铺张，却如四月的春雨，于无觉中浸湿我眼，润泽我心。

最爱她的《隐身衣》。从容里呈现别样的清冽，如秋夜的月光荡涤过一般，恬淡，莹洁，清醒，甚至带着一种沉淀的寒凉。这篇被杨绛自称为"废话"的文字，恰恰体现着杨绛对人生非凡的洞察力和深刻的思考力：世态人情，比明月清风更有滋味，可作书读，可当戏看。书上描摹，戏里的扮演，即使栩栩如生，究竟只是文艺作品；人情世态，都是天真自然的流露，往往超出情理之外，新奇得令人震惊，给人以更深刻的教益。

游目其间，你仿佛可以看到一位柔弱而坚强的女子，面露笑意，偏安一隅，冷静地审视着这个纷繁的世界。这些文字，宛如一脉徜徉的江流，不动声色，悠然流走你心中的虚妄和尘埃，化纷繁为简单，化淤塞为空灵，给你一种沉淀的立足感，明晰的方向感。读到那些简淡而有力的文字，不由人想起一个句子：观心知天下，不露也锋芒。

二

杨绛这样表达彼时彼境中一位文弱知识女性内心的豁达和不屈：我心想，你们能逼我"游街"，却不能叫我屈服。我忍不住要模仿桑丘·潘沙的腔吻："我虽然'游街'出丑，我仍然是有体面的人。"

杨绛纵然是一介柔弱的女子，却一样脊背英挺，不逊须眉，沉着秉持着一位真正的读书人的节操和匹夫不可夺志的气概，令人仰视。

读这样的文字，心体通透，何其快哉。

在《走到人生边上》中，记写了一对眷恋亲子的深情的喜鹊父母；在《干校六记》中，记写了一只忠诚感恩、同类相惜的狗儿小趋……

陈丹青说，人只要是坐下写文章，即便写的是天上的月亮，地上的蒿草，其实都在"谈自己"。对此，我深度认同。杨绛对于动物的描写无不在表达自己的心性与喜恶，对于人性善恶的抑扬，昭然表露于字里行间。

她对精明快乐的猴子不感兴趣，她不羡慕熊猫的尊贵和显要，她对名利没有任何追求，不善交际，懒于应酬，也拒绝"示众"，她只想安安静静地读书写字，过平淡无扰的生活。

在清华教书时，为了避开诸多无谓的会议，节约零散宝贵的时间，她拒绝接受一纸聘书，宁愿做一位卯上无名的"散工"。

她甘愿隐没于低处。许多别人如获至宝的东西，对她却一文不值。在杨绛看来，真正的聪明是"站定原地运动，拴就拴，反正一步不挪"。大智若愚，韬光养晦，不张不扬，本色做人。她说："我这也忍，那也忍，无非为了保持内心的自由，内心的平静……我穿了'隐身衣'，别人看不见我，我却看得见别人，我甘心当个'零'，人家不把我当个东西，我正好可以把看不起我的人看个透。"

杨绛的人生半径很大。她随丈夫同到英国牛津、法国巴黎留过学；文字的汪洋里，她似一条深水游鱼，可以自由地跨越语种、民族与疆域。

她的世界又很小。小到只有他们仨。他们在同一片屋檐下读书行文做学问，各安一隅，互不干扰。工作学习之余，一起去吃馆子，逛公园看动物……他们彼此扶助，相依相守。不论风雨多大，天气多冷，他们仨偎在一起，就是一个可靠

的家。

杨绛的人生经历很丰富，下过干校，扫过厕所，游过街，出过丑，天灾人祸，但她总能处乱不惊，安然度过。悲伤或是欢喜，逆境或是顺境，在杨绛的笔下终究都沉淀为一种恬静与淡然。如夕照里朴素的芦花，如月光里静卧的村落。她用一双明眸慧目静观万事万物，用一颗悲悯善良的心默默感知着这个世界，默默疼惜着身边的每一个生命。

在她平白朴素、简淡从容的文字里，总有一些句子不经意触中你的心灵之机，触疼了你心中的某一处柔软。

她用自己的风雨人生启示我们：人生是双程的。青春年少时，我们满怀理想、抱负、追求，一路马不停蹄向前奔。慢慢地，我们老了，脚步变得迟缓，人生便也在不觉中迈入归程——记忆的回溯。我们会有大把的光阴，在余晖落满大地的黄昏，坐在铺满桐叶的老街边，静静反刍岁月；我们会在寂寥残冬午夜梦回，独听夜雨敲清寒，静静追怀往事……在这些或温柔或冷寂的日子里，缓慢地理性地去审视曾经的过往。

三

何其幸运，在我尚且无知的时候，有这样一位智者及早地提醒我：为了归程中坦然从容一些，去的时候不妨走得慢一点，慎重点，力免"隔夜痛"。

我一直坚信，一个读书人一生都会保有读书人最基本的操守和气节。而在现实生活中，却常常感到深深的失落和迷茫。直到读了杨绛，我才恍然明白："读书的人"，不等于"读书人"。不是我的信仰出了问题，只是我对"读书人"误解太深。

现在，每每在现实或虚拟的世界里，遇见那些爱在精神的世界里修篱种菊的女子，总是忍不住说，读读杨绛吧。她会教我们如何读人、阅世、为我：把自己放到最低。"一个人不想攀高就不怕下跌，也不用倾轧排挤，可以保其天真，成其自然，潜心一志完成自己能做的事。"守住人的底线，唯真理与良心之首是瞻，做你该做的人，做你想做的人，写你想写的字。九蒸九焙，九死而不悔。

书香年华

作词：许　嵩
　　　车万育
演唱：许　嵩

云对雨雪对风晚照对晴空
来鸿对去燕宿鸟对鸣虫
三尺剑六钧弓岭北对江东
人间清暑殿天上广寒宫

多久没有提笔为你写一首诗
对偶平仄押韵难道都在故纸
常常欲言又止表达缺乏情致
书到用时才恨少还真那么回事

梦里一记钟声恍然敲回古时
花明柳媚春日书院里又添学子
苦读百卷经史不止为功名之资
学问里自有传承和坚持

琅琅书声如春风
拂过千年时空
少年啊壮志在胸赋首辞让人感动
借一场古典的梦
与东坡热情相拥
没告诉他将被千古传颂

　　常忆幼时，书声琅琅，在晴日风声里回响。廊前葡萄架，洒下一片阴凉。歪着脑袋想大大的远方，明知道读不完名家荟萃，还是想用力把一字一句，斟酌之后，记在心上。长大之后，知道诗歌的平仄抵抗不了生活的沟壑，也还想用力让胸中有丘壑，去传颂信念和希望。许嵩的《书香年华》，曲调开合，一下子就像回到当年，孩童立在春晓里，盼着长长一生。只要古典的热情不灭，对书香的传承就是永恒。

我以为你会走，可是你留下了。
我以为你会回眸，可是你只是挥了挥衣袖。
所有的我以为，都在回忆里成了秋。
但总有一些故事，还留在岁出发的地方。
它们属于古典，也属于永恒。
——莫离

25

琴操：
逐影寻香终归寂

◎风飞扬

杭州往西有玲珑山，不大，但精巧秀致。自古西湖有十景，蔓延开来，杭州风情二十四景，这还不算偶然飘出的琴声，唐突而来的茶香，或者前面桥上姑娘缓缓徐徐的影。

总有牵牵绊绊让你停了脚步，何况从一开始，就模糊了那个并不清晰的方向。在这人间天堂，醉而眠，眠而梦，几朝日月过去，花窗把光阴漏成了线，手里的杯盏拢着清香，烟波画船，有人在低吟浅唱，听不真切，却似那遥远的人，琴心一抹，自收芳菲。

玲珑山上有琴操，寂寞了太久，幸遇苏东坡，得解心知交，然而终不是她的良人，只得连红尘一并舍去。

她本姓蔡，官宦人家的闺秀，从小修习琴棋书画诗词歌赋，13岁因家庭变故沦为杭州艺伎。矢志冰清自好，拼尽一身才艺，做西湖出水的一枝莲，哪怕无依无靠，只此一人风中摇摆，最后败于寒霜欺骨，于无人处暗自悲伤，也绝不陷泥沼。

好在年纪尚小，还有的是时间可虚度，来日方长，所有的心事都悄悄生长。

趁年华正好，赚一点薄名，珠玉虽凉，也比什么都没有的好，五福八宝的妆奁里要放得满，也好日后无生计时，挡一挡无情的雨丝风片。琴操不，

她仍然拈词写字，朗日抚琴，留得那份风雅，嘴下留情的人叹一句官家小姐做派，也有那酸溜溜的，说她再附庸清高，也不是枝头的材料。她哪里理会？连一笑而过都觉得多余，若为此烦恼倒当真庸俗了，远不如对着风雨后的满城流水香爱怜几句。她爱琴，是真爱。家庭破败时，她正在后院弹琴，随着一朵花的凋零，琴弦断了，抄家的人闯进来，砸了她从小用的梅花断的响泉琴。

琴断了，琴心还在。传统四艺中以琴为首，并不是说弹琴有多难，作为一项最古老的乐器，它具有"清、和、淡、雅"的脱俗气质，蕴含着丰富的文化内涵，包罗天地万象，韵味悠深。会操琴不算什么，难的是与心共鸣，弦上的曲子，向外对着自然风物，向内，对着精神空灵，要达到心境合一曲物通达的境界总是不易。

"山抹微云，天连衰草，画角声断谯门。暂停征棹，聊共饮离樽。多少蓬莱旧事，空回首、烟霭纷纷。斜阳外，寒鸦数点，流水绕孤村。销魂当此际，香囊暗解，罗带轻分，漫赢得青楼薄幸名存。此去何时见也？襟袖上、空有啼痕。伤情处，高城望断，灯火已黄昏。"这是东坡的好友秦少游的词，写给他心仪的一位歌伎，回忆悱恻，格调哀伤，却在青楼里被人艳慕着，虽然连个名字都没

有，可哪个女子不愿这样被人惦念？苏东坡听得有些入神，此情此景，确是有些牵人柔肠，杭州城美人如云，也是一季季争艳，一岁岁凋零，年轻不会长久，然而年轻的女子，总会常常有。

忽然有个声音打断了他的思绪，怜卿之心还未来得及收好，便听一个女子对那吟唱的人说，唱错了，把"谯门"唱成了"斜阳"，韵变了。想那人被当众指出错误，面子上有些不好意思，书生意气，女子面前总要有个下文，于是他说，姑娘一定精通诗词，那你能改韵吗？

寻常戏码演下去，可以二人同舟，就把这当成个小游戏，试着一字一句改上一改，半天时光很快就消磨了，一首新词出来，日后的相约也有了着落。可是琴操就那么微微一笑，眸中清波一转，旋律已出。

如此细腻巧妙的化解，伤情依旧，由她抑扬顿挫地吟出来，似乎味道更显得真实浓郁。彻底惊了这边的知府苏大人。苏东坡循声看这女子，绿萝裙，淡荷衣，如菡萏临水，声音婉转，琴横船头，再看眉目，她的船已渐行渐远，淡淡而去。只余身影，已知此女不俗，此一遇，缘分不浅。

她是琴操。旁边人竟都识得。再见之期并没有隔得太远，偌大的西湖，游船往来，独苏东坡的和琴操的撞在了一起。靠岸楼外楼，16岁才艺超绝的琴操和50岁的知府苏东坡成了朋友。

有人说这是琴操设计好的相遇，苏东坡经常游西湖，有才子盛名又是知府，满湖认识他的人不计其数。琴操不偏不倚撞上他的船，只要心里有数，这点实在不难。也许从上次的匆匆一瞥，也有身边人告诉她不远处的那条船上正是苏东坡。以她几年风尘里的敏感和眼色，不会不留意，留意到了，就必然记在心里。是不是这样应该并不重要，设计得了开始，设计不了结局，琴操对苏东坡，那是慕名，不是官职，而是才。苏东坡怜她身世可叹，也喜欢琴操的性情，有着超乎她这个年龄的淡薄，似乎她在心里有股力量，时而清晰，时而茫然。

他们经常一起出游，也会约上佛印，机锋往来，参禅悟道。佛印说琴操弄曲百年难得一闻，苏东坡凝神沉思，仿佛已被度离红尘。

若能真得离开红尘就好了，必不再有这么多无奈与烦忧。一日东坡戏曰："予为长老，汝试参禅。"琴操笑诺。东坡曰："何谓湖中景？"答："秋水共长天一色，落霞与孤鹜齐飞。"又问："何谓景

中人？"回答："裙拖六幅湘江水，髻挽巫山一段云。"还问："如此究竟如何？"琴操不答。东坡曰："门前冷落车马稀，老大嫁作商人妇。"

东坡想劝说琴操从良，谁知一语惊醒梦中人。琴操云："谢学士，醒黄粱，世事升沉梦一场。奴也不愿苦从良，奴也不愿乐从良，从今念佛往西方。"心意已决，此生难回。苏东坡帮她落了籍，她珠花散尽，收心敛性，削发为尼，于玲珑山别院结香修行，常伴青灯古卷，广植心莲。琴操爱慕苏东坡，欲将身所托，尽管人生差了些年月，她也愿意用一辈子的深情，陪他两世的路。苏东坡也说过，诗酒趁年华，可是为何，他就这么袖手立在距离之外？

在苏东坡心里，对于琴操的情感超越了男女之爱，更是精神上的交流。认识了琴操，早在一曲之间就已心意相通，多难得，简直就是上天的恩赐，既然超出了世俗之外，如何敢让这段情沾染世俗烟火？在这段感情里，他承认爱，也承认自私。知天命的年龄了，若一错，他没有机会再重来。

与其让时日消磨到花落随风败，不如干脆开出冰花来，逝也无痕，去也无声。小小的佛殿里，她行念跪拜，再不求缘求份。苏东坡经常去看她，有时佛印同行，黄庭坚也去过。

开了窗子，云淡风清，檀香的味道幽远厚重。昨日如流水，谁也没有能力更改，干脆不提。没了羁绊，大家听琴论诗品茗，倒是更清爽畅快了些。只是每每告别后，还未及下得山来，苏东坡已难以自持，经常一壶酒喝到大醉，朦胧中声声念念，形骸不羁，哪里还要什么身份。

两年后，苏东坡离任北上，来此告别，单薄的琴操只觉一夜春怯寒又来，从此朝暮功课，都有一炷心香遥相寄，冷落下来的玲珑山，日暮荒草，满眼凄凉。心里的弦断了，24岁的琴操走完了一生。垂暮之年的苏东坡，得闻琴操离世，一个人默默地面壁而泣。

江南的山山水水中，有多少前世的因缘，今生还在盼，是不是没有终落的爱情便如不归轮回的魂魄，总在世间四处飘散，看尽人间离别，忘了归途。干脆不再想，只在拐角处的茶亭坐下来，竹叶婆娑，影上茗烟。放空了心思，这一刻，才是如此感动，娑婆世界里，我只愿做那个淡然的女子，轻施薄粉浅着妆，擦肩而过缕缕辰光。懂得珍惜，更懂得相忘，守护着内心纯净的温良，岁月静好，我心无恙。

他的每一首词，都弥漫着浓雾一样的忧愁。"自在飞花轻似梦，无边丝雨细如愁""便做春江都是泪，流不尽，许多愁"。仿佛这个世界上，没有谁比他更忧伤。他就是"苏门四学士"之一，一个忧郁的婉约派词人——秦观。

幸遇恩师苏东坡

秦观没有显赫的出身，父亲只做过小官，但曾在太学学习过，学历不低。优秀的基因使秦观自幼聪颖过人，过目不忘。不幸的是，在他15岁那年父亲去世了，家里的经济支柱一倒，生活也陷入了贫困。

为了改变自己的命运，30岁时秦观第一次入京参加科举考试。这时的他意气风发，大有舍我其谁的豪迈之气，可惜开榜时，从头看到尾，他也没在榜上找到自己的名字。他大受打击，回到家马上断绝了一切交往，独自一个人看书疗伤。

33岁时，秦观第二次参加考试，依旧名落孙山。冰冷的现实让他的头脑也冷静下来，痛定思痛，秦观终于放下了小聪明，认真读起书来。除了刻苦，秦观也认识到一个人光低头读书远远不够，还必须有人赏识和推荐才能入仕。他萌生了拜苏东坡为师的想法，但此时这位文坛领袖正在离他家乡不远的徐州任知州。

苏东坡已然名满天下，堪称文坛泰斗。而秦观不过是一个落第的秀才而已，想见一见苏东坡都难，何况要拜师。好在秦家有两个老相识，分别是孙觉和李常，他们都是苏东坡的至交。于是，他一方面请李常写了一封引荐信，另一方面请孙觉将自己的诗文推荐给苏东坡。恰好，苏东坡和孙觉要到扬州游玩，秦观闻讯灵机一动，自己先跑到扬州一座著名的寺庙中，模仿苏东坡豪放的笔意，在寺庙墙壁上挥毫题词，然后静候他们的到来。

果然，就像秦观所预想的那样，苏东坡猛然看到寺壁上的题字吓了一大跳，绞尽脑汁想了半天，也不记得自己曾经来过这儿，还在墙上题过诗。后来，他看了孙觉送上的秦观的作品，忽然醒悟道："向书壁者，岂此郎也？"这招儿玩得相当漂亮，秦观于是怀揣着李常的引荐信，拿上自己的得意之作《黄楼赋》，前去拜见仰慕已久的偶像。苏东坡读罢，惊呼说："此屈宋才也！"欣然接纳他为弟子。

在苏东坡的鼓励下，秦观再次参加科举考试。这次

秦观：
人生比诗词忧郁

◎王爱军

有了他自己的刻苦攻读，特别是有了苏东坡、王安石等人的大力举荐，秦观顺利地高中进士。

不小心成了"万人迷"

自古才子爱佳人，反过来也一样。

19岁那年，秦观就结束了单身生活，他的妻子叫徐文美，是个富商的女儿。他的老丈人曾说过"子当读书，女必嫁士人"，也算是相当有见识的商人了。秦观做出这样的选择，大约与他当时窘迫的生活状况有关，这给他的婚姻蒙上了一层功利色彩，在秦观的内心里，徐文美绝非他的最爱。

也许正是因为如此，秦观才有了许多风流韵事。一次，秦观遇到了一个叫巧玉的歌女，相恋已久，巧玉想要一个名分，这让秦观为难起来。在那个时代，男人有点风花雪月的风流事很值得炫耀，而倘若纳一个风尘女子为妾，则会为人所不齿。秦观官虽不大，可毕竟还在官员队伍里混着，面对强大的舆论压力，他犹豫了。为了安慰巧玉，秦观写了首《鹊桥仙》，告诉她"两情若是久长时，又岂在朝朝暮暮"。这两句诗成了千古名句，让无数人为之神伤。

秦观外出做官时，一直把母亲带在身边，以便早晚侍奉。为了照顾好母亲，他特地买了一个叫边朝华的侍女。后来母亲命他将边朝华纳为妾。这一年，秦观45岁，边朝华年方19。纳妾这天，正是七夕，秦观还专门写了一首诗表达自己愉悦的心情。然而天有不测风云，秦观因反对奸相章惇等篡改新法，从国史院编修官被贬为杭州通判。秦观自知此去凶多吉少，写信让边朝华的父亲把她领回家。多情自古伤离别，他把父女二人送到江边的小船上，赋诗相赠，其中一句"百岁终当一别离"既表达了他内心的悲切，又充满了无奈。

为自己写下挽词

在人们的想象中，秦观作为一个风流才子、多情种子，让人爱得如此死去活来，一定是个面容白皙、风姿柔弱的白面书生，其实不然，他反而相当威猛。

秦观起初的性格与他的长相也很搭配，少年时，他"强志盛气，好大而见奇。读兵家书，乃与意合，谓功誉可立致，而天下无难事。"秦观的家祖是南唐武将出身，他从小也喜欢读兵书，经常与豪侠之士在一起饮酒、游玩。所以无论从长相还是行为举止上看，秦观都是个慷慨悲歌之人，应该像苏东坡那样，在词赋上走豪放派的路子，那么，他何以变得多愁善感，成为婉约派的代表人物呢？

事实上，才华横溢的秦观一生经历十分坎坷，特别是仕途艰险，生活中一次次的困顿、失意使得他从性格到作品都在悄然发生着变化。秦观仕途舒心的日子非常短暂，在恩师苏东坡的推荐下，他曾出任太学博士一职，相当于大学教授。后来又任职秘书省正字兼国史院编修官，参与撰写《神宗实录》，甚是风光。然而随着苏东坡的仕途失利，他也跟着走下坡路，政治打击和人身攻击一次比一次严重，给他的心灵投下了一道又一道阴影。

接二连三的迫害使秦观大受打击，他把字改为了"少游"，表露了淡泊闲适，归隐山林的志向。然而形势不由人，此时他已难以自主。此后秦观又被贬，最终到了广东雷州，与被贬琼州的恩师苏东坡已是隔海相望。人生至此，痛何以堪！秦观所能承受的忧愁和痛苦已达极限。

宋徽宗即位后，秦观被召还湖南衡阳。走到广西藤州时，大约心情还不错，他饶有兴致地游了华光亭，晚上睡觉还梦见自己填了一首词，第二天醒来时说给别人听。可能是讲得有些口渴了，他想喝水。谁料当把水取来时，秦观看着那水笑了起来，就在这笑声中，一代才子溘然长逝，终年52岁。

听到秦观去世的噩耗，苏东坡悲痛欲绝，两天吃不下饭，流泪说："当今文人第一流，岂可复得？哀哉！哀哉！"

秦观，一个身材伟岸、天性豪爽的男子，被愁苦和眼泪融注了一生，他的忧郁和憔悴让人为之心痛。他那用心书写的篇篇词章，至今还让我们泪水沾衣。无怪清人王士禛说："风流不见秦淮海，寂寞人间五百年。"

世间已无兰陵王

◎老　猫

时间已过去了一千四百多年，北齐覆灭了。那一年的春天，北周又一次吹响号角，集结大军。晋阳被攻破，皇帝高纬逃到了邺城，面对即将亡国的命运，面对城下的将士，他却把准备好的激励士气的慷慨陈词忘得一干二净，呆立半晌，忽然大笑不止。

时间回到武成帝河清三年，这是兰陵王高长恭时代的开始。

北周集结大军，包围洛阳。兰陵王率领五百骑冲入周军阵营，一路杀到金墉城下。夕阳，勾勒浸染出城墙轮廓，城上的战旗被风吹得猎猎呼啸，战火狼烟滚滚而起。金墉城被围几天，士兵早已疲惫不堪。只听得城下周军叫嚣，战马嘶鸣……忽然，金墉城内一片肃静。齐军观望着，不知来者何人。但见一人戴着红色的鬼面，一路冲在最前面，周军的箭齐齐地射过来，带着风以及血的味道。那人大喝道："吾乃北齐兰陵王高长恭！"

历史上真正的兰陵王是东魏权臣、北齐奠基人风流丞相高欢的孙子，名长恭，又名孝瓘。高欢死后，长子高澄当上东魏第二任权臣。高澄政治上精明强干，却于29岁死在奴隶手里，丢下6个儿子，其中的老四就是日后的兰陵王。正史里忠实记录了兰陵王5兄弟的母亲出处，仅有长恭例外："兰陵王长恭不得母氏姓。"这除了为高长恭的身世披上一件谜衣之外，也似乎预示了这位王者既定的命运。不久，长恭的叔父高洋踢走皇帝，自己称帝，北齐建立。

兰陵王骁勇善战，先后任并州刺史、尚书令、大司马、左丞相，在突厥围攻晋阳和北周多次来袭的战役中担任主帅，大败敌军，尤其是在洛阳城外邙山之战中，身先士卒，带领骑兵大败宇文护率领的周军，赢得了极高声誉。

相传兰陵王容貌绝美，不足以威慑敌人，每上战场常遭对手嘲笑，于是就总戴着一个凶悍的面具，一般人都难以见到他的真面目。史载邙山之战中，北周军队数万人围攻洛阳，城内固守盼援十分紧急，高长恭带领五百骑杀入重围，冲到城下，要求开门。城上守将听说是兰陵王带领援军来救，但又怕是敌人的计策，就要求兰陵王脱下面具以验明身份，于是兰陵王在数万人面前脱下了他的面具，一刹那，全军俱静，继而欢声

雷动，北齐军士气大振，城上众兵奋勇杀出，外围援兵也乘势夹击，周军大败而撤。此役之后，军队编制了歌舞剧《兰陵王入阵曲》，被到处传唱演出，成为当时最受欢迎的娱乐节目，隋朝时期，被正式列入宫廷舞曲，唐朝又传入日本，至今还是日本奈良元月十五日"春日大社"时必演的一个重要曲目。

兰陵王不但人长得好，声音也很优美，更难能可贵的是他品行也很好。据《北齐书·高长恭传》记载："长恭貌柔心壮，音容兼美。为将躬勤细事，每得甘美，虽一瓜数果，必与将士共之。"他在瀛州时，行参军阳士深曾经上书告发他贪赃枉法，他因此被免官。后来兰陵王东山再起时，阳士深刚好又成了他的部下。阳士深怕兰陵王会报复自己，整天提心吊胆，兰陵王安慰他："我没有这个意思，你放心吧。"阳士深还是不踏实，央求惩罚他。兰陵王无奈，只好找了个小过失，打了他20板子，只为让他安下心来。还有一次，兰陵王上朝时，跟随他的仆人们都各自回家了，只剩下一个人在那里等他，面对下人们的失职行为，他竟不以为意。最令人感动的是，他在死之前，把手中别人欠他的多达千金的债券，全部烧毁了。

可惜兰陵王的政治觉悟较差，一次宫廷家宴，正好演出《兰陵王入阵曲》，高纬说："入阵太深，失利悔无所及。"兰陵王一时没用脑子就说："家事亲切，不觉遂然。"高纬觉得"家事"二字刺耳，就生了杀心。兰陵王察觉后，就以王蔺为榜样，故意收受贿赂，好让后主觉得他贪图钱财没有政治野心。他的部属劝告他，皇帝既然已经心生忌讳，现在这样做只会给人口实，并出主意让他以身体不适为由，辞去朝内外一切职务，不要再干预政务。他真这样做了，有病也不治疗，以免高纬再盯住他。其实不管他怎样做，他这样的人都是无法被那个时代所容的。

武平四年五月，皇帝的毒酒终究还是送到了兰陵王的面前。长恭谓妃郑氏曰："我忠以事上，何辜于天，而遭鸩也？"妃曰："何不求见天颜？"长恭曰："天颜何由可见！"于是饮毒酒而死。

"木秀于林，风必摧之"，也许兰陵王命中注定要受到昏庸暴戾的当权者的忌恨，风华绝代的王者仅留下一句"天颜何由可见"便匆匆离开了人世。高长恭、斛律光是北齐的两大支柱，先后都被高纬冤杀。因此，此后不久，北齐亡国灭族。

那是段怎样的岁月：有《广陵散》的高洁，有《兰亭序》的潇洒，有《敕勒歌》的豪迈，只是种种浪漫都逃避苦难现实的一醉。泼墨汉家子，走马鲜卑儿，红尘里一道道风景线皆在噩梦中毁灭。

《碧鸡漫志》卷四引《北齐史》及《隋唐嘉话》称："齐文襄之子恭，封兰陵王。与周师战……击周师金墉城下，勇冠三军。武士共歌谣之，曰《兰陵王入阵曲》。今《越调·兰陵王》，凡三段，二十四拍，或曰遗声也。"毛开《樵隐笔录》："绍兴初，都下盛行周清真咏柳《兰陵王慢》，西楼南瓦皆歌之，谓之《渭城三叠》。"宋以来，周邦彦、刘辰翁、辛弃疾等大家都以"兰陵王"为词牌作词，如辛弃疾作《兰陵王》之"恨之极。恨极销磨不得。苌弘事，人道后来，其血三年化为碧。郑人缓也泣……"词曲中多发如泣如诉的不平之音。

同样《兰陵王入阵曲》也成为中古时期文艺的代表作，到了唐朝，宫廷里也还经常上演这个剧目，还有人把它改编成《秦王破阵曲》，后来就失传了。这是中国历史上有记载的第一部"戏剧"，不仅有歌舞表演，还有人物、剧情，标志着"戏剧"这种文艺形式正式出现在中国文化史上。

据日本学者考证，《兰陵王入阵曲》中演员都戴着面具扮演角色。日本的国粹"能剧"正是借鉴了这一点，到现在还是带着面具演出的。而根据我国学者考证，中国古代的戏剧开始也是戴着面具演出的，但是到宋朝时人们觉得面具又呆板又缺乏表现力，就开始直接把面具画在脸上了，这就成了我国的国粹——京剧脸谱的鼻祖。

一千四百多年前，他脱下面具的一瞬间，迷倒的竟是数万名敌我双方的男人将士。那一刻的绝代风华，千年之后都可以想见。这样的场面早已被后世文学作品在美人出场的描写中用滥了，当代的影视作品更是不厌其烦地反复运用，《兰陵王入阵曲》也被后世一次次搬上舞台，可惜，世间已无兰陵王。

王国维：话不尽人间凄凉

◎旧年尺素

古老的紫禁城笼上黄昏的魅影，北京城内车马川流不息，历史的脚步从未驻足回首。夕阳把人群的影子拉得很长，交错在几亿光年外，那么远，足够留给未来怀念。而你分明那么认真地走着每一步，即使没有人在意，你看看紫禁城的天依旧那样蓝，你嗅着空气中泥土的气息，你在昆明湖畔吐出重重的烟雾，好似要把这一生的哀怨付诸流水，消散吧。然后，你纵身一跃。昆明湖畔，颐和园里的柳枝恍然寂静了，涟漪泛起的声音那么轻。

望尽天涯路

"点滴空阶疏雨，迢递严城更鼓。睡浅梦初成，又被东风吹去。无据，无据，斜汉垂垂欲曙。"你说，这是读书读累了，竟忘记了因何读书。自小因才闻名乡里的你，终于望着那满夜的繁星不知所措了。是因为才名太盛了吗？你知道的，不是。只是生活总不尽人意，你看着日益颓败的国家，痛心疾首却又无可奈何，满腹诗书却毫无所用。生命的灯不该这样为你点亮，生命的灯应该赐予你应有的辉煌。你望尽天涯，多希望有奇迹发生。

奇迹是什么呢？奇迹不过是能够让你多读几本书，多看几眼更远的世界。你看到西方的坚船烈炮徘徊在家国的港口，看到瘦弱的百姓在愚昧中惶惶度日，看到紫禁城的城墙依然那么坚固，好似末世王朝即将枯槁的面容，你早已坐立不安，你手中有笔，你有力量唤醒更多的人。可当你发现家中妻小箪食瓢饮，你满心的愧疚像旷野里日日生长的野草，那么疯，那么热烈，快要将你吞没了。那个风雨飘摇中的清王朝，而你不过是个一贫如洗的穷酸秀才，那么卑微，仿佛针尖上的一滴水。谁会闻得你的叹息声，谁又会听见你的呐喊，你的彷徨？

路转峰回出画堂。这一年，你觉得上天在眷顾你，好运蜂拥而至，年迈的老父看你日日憔悴，终于寻得友人，送你到大洋彼岸，看看更寥廓的天。虽是举家负债累累，却还是看到了你轻松的笑容。

那是个风和日丽的天气，你起了个大早，觉得空气里醉着沁人心脾的青草香，鸟儿的歌唱也分外悠扬，你知道，这是故国的记忆。你只是在为那些能够强国富国的路雀跃，好似此时的你早已化作万能的神，一颗心装满家国。哪怕远走，也不会高飞；哪怕是云，也要化作雨，回归这片土地。天涯路长，异乡的漫漫长夜依旧会有无限的星光。

路漫漫其修远兮，吾将上下而求索。

不悔衣带宽

漂泊异乡的时光莫不是你一生最安逸、最轻松的岁月了。那段光阴好似笔尖下流溢的云彩，与挚友毗邻而居，携爱妻饮酒赏月，闲时阅读经卷，累时月下小眠。异乡似乎不是那么可恨了，你是忘记了故国吗？

不，怎会忘记，又怎能忘记。那是怎样的夜里，窗外寒风呼啸，好似故国苟延残喘的病躯在叹息，你惊醒，在大汗淋漓中泪流满面，秉烛夜游。那些救国救民的故事仿佛永远只能写在书上，你点燃一盏灯，于是，夜不能寐。我想，你就是那一叶扁舟，凭借一豆微弱的灯火在茫茫书海中寻索，你相信，你会找到，你相信，故国等待着你。那么多的时光，来不及回首。那么多岁月，能否依旧？时常梦回紫禁城，高大的红墙里却是你不忍面对的歌舞升平。商女不知亡国恨，隔江犹唱后庭花。你恨，你怨，可你依旧选择忠心。那一份赤诚，便是初晨的阳光，照亮整个紫禁城。

岁月，如何走过？是悄无声息，还是如影随形？

"过眼韶华何处也，萧萧又是秋声。极天衰草暮云平，斜阳漏处，一塔枕孤城。独立荒寒谁语，蓦回头宫阙峥嵘。红墙隔雾未分明，依依残照，独拥最高层。"一城萧瑟，望尽黄昏，谁在彼岸凝望你的慢慢老去。当皱纹爬上你的脸颊，你依旧在奋笔疾书中书写谁的年华，又在怀念谁的年华。你的笔，在数千年的文明长卷中舒展，你的思绪在飞扬，你用血和泪告诉世人，你来过，你的痕迹，那么清晰。一部《人间词话》，一生执笔天涯。

年年岁岁花相似，岁岁年年人不同。当噩耗传来，梦境的支离破碎，终于，你亦心力交瘁，那么多的努力，那么多的梦好似一座无人回首的空城，只留你形单影只，衣带渐宽，形容憔悴。你是你，在高台上望尽天涯路的你，在异国他乡耗尽岁月的你。

长衫下的身躯，承受了太多折磨，往事回首，谁会想起你？

而当你终于回到梦寐以求的怀抱，又是何等心情？故事从何讲起，又将从何结束。花开花落，此时的天终于不再是那个满目疮痍的清王朝，你一心效忠的岁月如滔滔江水，一去不返。

"问断肠江南江北，年时如许春色。碧阑干外无边柳，无落迟迟红日。长堤直，又道是、连朝塞雨送行客，烟笼数驿。剩今日天涯，衰条折尽，月罗晓风急。"两鬓斑白时，你想起那些峥嵘岁月，是开怀大笑，还是欲哭无泪？蓦然回首处，都知你心无悔。青山白了头，你亦在岁月深处老去。只是有些执念从未放下，它们像是你心中快要燃尽的火烛，最后的灯火迷离而惨淡。家徒四壁，负债累累，当你回首，灯火阑珊处究竟还有谁在等你，究竟还有什么值得你去怀念？

一霎车尘生树杪，陌上楼头，都向尘中老。你脚步缓慢，早已不是来时路，你恍然发现这条路没有终点，无法回首，只能随着时光静静老去，或者选择自己的方式消逝。许多人都以为你是殉情而自尽，我却知道，那不是你的心。虽然你脑后的长辫一直在，虽然你依旧长衫布衣，虽然你从清末的时光中走来，携着一袭落寞，但这

所有不过是那颗有着梦想的心的伪装。当你发现梦想如同转瞬即逝的流星，你便知，此生无可留恋。

那么长的来时路，走了那么多年。我知道你是想回去看看啊，一步步走来，失去了年少轻狂，得到了一贫如洗，可是你依旧在寻找着，相信不远的未来便是你最好的净土。

一院丁香雪

漫作年时别泪看，西窗蜡炬尚澜，不堪重梦十年间。少年的路在你这里走了太久，是时候停下来了。有人说你是懦弱的、自私的，你的不顾一切让历史失去了一位国学大师，你的选择让亲人痛心疾首，让妻儿无所依靠。这确实是你，那个如柳絮般纷乱的时代不可能在你的生命里结束，你的双眸是一盏海灯，穿破层层迷雾，早已看透，却不愿看透。你是自私的，但你是无畏的。可是历史的风不止一次告诉你，这不是属于你的时代，你的心在寒风中终于瑟瑟发抖，像一枚飘零的秋叶，想要追寻故土。

于是，你不愿面对，你不忍看到这片自小成长的土地硝烟四起，不忍看到四海之内妻离子散，到处散发着人性的欲望。许多事，太过空明透彻，反而成了一种负累，对于时势的发展，你知道过去的华夏民族终将是江河日下，大江东去浪淘尽，不复往昔矣。

颐和园里永远那么风平浪静，起码如今正好。往事是潮水，在措手不及的时刻悄然来袭，澄练如洗的月光下你终于泪流满面，想想这一生，苦读也好，漂泊也罢，那一颗心何曾离开？真希望这个夜里有场雨，少年听雨歌楼上，红烛昏罗帐；壮年听雨客舟中，江阔云低断雁叫西风；而今听雨僧庐下，鬓已星星也。

你选择夕阳下的昆明湖，你选择留在紫禁城这片土地上，用你的方式见证着时光的江水滔滔不尽。有人哭泣，有人蹙眉，有人凝望，有人沉默，关于你，岁月留给我们太多谜题，我却愿意相信，你在自己的选择中看到新的人生，而如今，海晏河清的岁月，一切如流云般安好，你的笑容此刻也正如月光吧。

你看，那月光下的随风飘落的丁香花，好似一场圣洁的雪，点点都是芳心，谁说不是你写的故事呢？

李清照：
清丽其词，端庄其品 ◎王臣

三生十方，独她一帜。

一敛额，一蹙眉，便惊动百世人。

常听人念及那一段"花自飘零水自流，一种相思，两处闲愁。此情无计可消除，才下眉头，却上心头"。吟在口中，那幽愁暗恨，涌上心头。又总觉那伤感女子分明也是清媚又冷艳的，内心似水温柔。彼时，并不知，将来会有一日对她执迷若此。

她是李清照。生在风光潋滟的大明湖畔。宋神宗元丰七年，即公元1084年，也不过是寻常一日，她悠然来到这世上。明净无瑕。也是书香门第，父亲李格非是文章名流，与宰相、岐国公王珪的长女王氏结为夫妻，无奈王氏命薄，生产李清照时难产离世。

虽被鳏居的父亲李格非托付给章丘明水镇的祖父母，但纯真的少女时光委实过得欢快。直到16岁，她方才被父亲接到汴京的家中。彼时，父亲继娶状元王拱辰二夫人薛氏的长孙女，她也有了一个同父异母的兄弟。她年长他6岁。

也是温吞开始，一切似是好景待望。她却不知，就在这汴京城里，住了一名要牵锁她一生的男子。赵明诚，一个令她一生心心念念的名字，遇到他那一年，她17岁。

李清照少时才名初现，去往汴京之后因父亲李格非的关系，被众多文章名流所知。亦常有词作被人拿去评赏，竟是人人惊叹。惊叹这小女子卓绝的才华。也因此，李清照的声名便渐渐传开，也势必会被他听到。

初见时，尚不知喜悲。只是两个美好的人，遇见即是一种不可多得的缘。彼此知会，也就懂得珍惜。于是，便少却了许多情意与心智的纠葛。直至成亲，也都是平顺静定。

人世奥义难言，却总在冥冥之中将一些人牵系，依照上天期望的命途让彼此之间发生关联。有一些是温情细腻的缱绻，有一些是铭心刻骨的惨然。

李清照和赵明诚，好似是爱河两岸的寻路人。初见时，彼此虽隔河相望，默然无言，却已然都知道对方是自己喜欢的，也知道对方是喜欢自己的，纵然一言不发，也是会在不经意的时刻便两相知会的。然后知道，自己接下来的路将要如何走，去往何处，同谁在一起。再清醒不过。世间最幸运的事，也不过如此。

关于他们的情定，元代伊士珍所著《琅嬛记》里有一则故事。他芝芙一梦，便心与她属。自然，这段故事无据可凭，权当妙趣。也是因他们伉俪情深，才引得后人遐思不已。

公元1101年，宋徽宗建中靖国元年，21岁的赵明诚与18岁的李清照结为连理。如是风清。如是月明。婚后，二人更是痴于爱，昧于情。有那么一段时间，似是世无他事，仅有彼此。都甘愿沉沦在男欢女爱里，不愿醒。

若是没有"元祐党争"，也许真的会无憾。却偏是有，且伤势来得如此之重。他们成亲不过两年，突遭变故。宋徽宗时期，贪官蔡京勾结宦官独专朝政。蔡京为了自己把持朝政，就给反对他的司马光、苏轼等309人扣上"元祐奸党"的帽子。李清照父亲李格非是"奸党"故交，也惹祸上身。

据李清照词与相关史料推测，大约于公元

1103年，李清照曾被迫离家。因她娘家与赵明诚一族分属旧党和新党两派，于是在恶劣的政治环境里，他们之间便被迫削淡关联，两相保全的方法即是李清照离家远遁，并且一去即是三四年。

时年不安，元祐党争纷杂混乱，两方势力此起彼伏。直到公元1106年，即宋徽宗崇宁五年正月，宋徽宗销毁了"元祐党人碑"，并大赦元祐党人。政治瘴气一经缓和，他与她这一对苦命鸳鸯方得以重聚。李清照回到赵家，个中心酸，不为外人知。她亦只是平心静气地回来，一如当日，她与他缱绻难忍地告别，然后低眉离开。

李清照生在两宋之交，也是乱世女子。甘苦无常，她也是无法。到公元1107年，也就只隔了一年光景，赵明诚之父亡故，时年68岁。赵父赵挺之虽与蔡京同为新党，却因心性良直，与贼心满满的蔡京渐渐产生分歧，并且矛盾日益严重。所以，赵挺之去世之后，蔡京便对赵家人落井下石。赵家开始败落。

次年，即公元1108年，赵家兄弟遭到了蔡京陷害，被迫离京。李清照与丈夫赵明诚退居山东青州，屏居长达10年之久。在这10年里，二人赌书泼茶，共同致力于金石文物的研究，更是完成了中国最早的金石目录和研究专著之一《金石录》的撰著工作。

赵明诚结束了青州生活之后，于公元1120年复仕，在山东莱州担任太守。4年后平调缁州。其间，她与他便几度分离。也是因为太爱，他在李清照生命里的分量也太重，每每他离开，她便觉心碎，有一种牵缠不休的痛。

是乱世，都无奈。公元1125年，金兵南下。公元1127年，北宋灭亡。5月，南宋便建立，李清照被迫南渡。此时，他却不在身边，远在北方。是这样艰难的一段岁月，唯能孤伶上路，忘却自己是女子。

其实，这些困难都是可以承受的，再多一些也可以。她想，若是可以换他多留一日，她宁可减寿10年，又何况只是颠沛之苦。却是无用。公元1129年，她生命里最爱的重如生命的男子，染上疟疾，劳顿而逝。

是年，她46岁，半老人生逢此变故，实在是艰难。再回首，竟也不过28年。她只觉短，只觉心里都是痛都是憾。多少爱，多少伤。此生是甘愿，纵他不在，那些艰辛，也是无怨。

如果一切止于此，也未尝不是一种美。但她犯了错，失了神，错识了人。张汝州是鼠辈，却是这样一个卑劣的人，竟也攀附上了她。他在对的时间出现，处心积虑，骗取了她的信任。对她百般殷勤，也果真是好，却不料一切都是他精心策划。

她携丈夫生前与自己收集的文物字画独自辗转，早已是凄惶。也真是到了绝境，否则她不会盲眼信了他。他想娶她，她思虑数夜，心中尚存些微指望，竟应了他。

婚后不久，他得知李清照手中价值连城的金石字画竟在流离颠沛中遗失甚多，所剩无几，顿时大怒。且这寥寥无几的文物也被李清照视为珍宝，只因一切都是前夫遗下的心血，她深知自己断然不能轻薄了它们。于是也不让张汝州接近。

这到底是激怒了他，他撕毁了面具，露出丑陋嘴脸。对她骂，对她打，令人发指。但她只是忍。忍无可忍时，便也毫不犹豫"结果"了他。她不是旁人，她是李清照。区区张汝州又如何是她的对手。她只是想安稳度日，却不想他要来招惹、欺辱她。她忍到无可忍的地步，也果决凛冽，治了他。

含恨一纸状，告发恶人心。然旧时律法，女子告夫，即便成功，也要面临牢狱之灾。她却是静定有力，丝毫不怕。张汝州本就是人品低贱、历史不洁的人，曾舞弊入官，一干罪行终被悉数揭露。最终得到报应，被流放到柳州编管。

之后，的余生，虽清简却安稳。也无甚不好。真的没有谁比他更爱她。于是，纵他已不在多年，她也一直甘愿陷在回忆里笃笃地回望。仿佛，望的时间久了，他果真会回来。其实，这爱，在她心中，日久年深，也就成了一种信仰。只要世上有她，她心便有他在，日子也就处处月入歌扇，花承节鼓。

再读幼年时常念及的那一段"常记溪亭日暮，沉醉不知归路。兴尽晚回舟，误入藕花深处。争渡，争渡，惊起一滩鸥鹭"，忽觉，这一位幽艳女子，原来，也曾那般欢悦地在时光深处穿梭过。

公元1156年前后，约宋高宗绍兴二十六年，李清照去世。

清丽其词，端庄其品。归去来兮，真堪偕隐。予清照。以为记。

刘禹锡：桃花从此逝，故人不再有

◎倾蓝紫

长安玄都观的桃花开了，刘禹锡和柳宗元相约着去看桃花。踏着草长莺飞的长安紫陌，繁华红尘扑面而来。两人穿过摩肩接踵的看花归的人流，站在千树万树桃花之前，刘禹锡抑制不住自己亲觑这壮丽岁月的惊喜，作诗云："紫陌红尘拂面来，无人不道看花回。玄都观里桃千树，尽是刘郎去后栽。"

他和柳宗元曾同是天涯沦落人——十一年前南渡客，四千里外北归人，而此刻却能站在这千丈软红之前，一起共享这孤荣春软的年华。当年他们一起跟随同一个老师学书法，又一起同榜进士，一起做监察御史，心志皆同，追欢相续，或秋月衔觞，或春日驰毂，又龙骧麟振，踏于大唐的风云之上，一起推进大唐的变革。后来刘禹锡跟朋友怀念起这段连走路都是横着走的日子说："昔年意气结群英，几度朝回一字行。"

只是风云变幻，当支持他们变革的皇帝唐顺宗被逼退位后，他们一起从天宇坠落，沉入江湖。而他们一起落墨掀起的风云"永贞革新"昙花一现，也不过只维持了146天。

刘禹锡被贬为朗州司马，柳宗元为永州司马。曾经一起行云天穹，如今如鱼，却不相忘于江湖，两人互相勉励着，只把天涯作咫尺，他们也因此携手在水墨江湖上，做个同舟共济人。一荣俱荣，一损俱损，把生命交付，也在所不惜。

后来他们又一起被召回长安，然后刘禹锡写了这首桃花诗。一直犹豫不定的皇上大怒，以此为借口，刘禹锡再次被贬，被贬到了更远更苦的播州也就是现在的遵义一带，连同柳宗元也被贬到了广西柳州。

柳宗元得知自己被贬至柳州，而刘禹锡远谪播州时，不禁大哭起来……他哭不是为了自己又被贬，而是因为刘禹锡的母亲年岁已高，此一去，必为永诀。于是，柳宗元向朝廷请示，希望跟刘禹锡换一换，后来刘禹锡得以改贬到广东连州。

柳宗元比刘禹锡小一岁，却是这样地勇于担待。士之相知，温不增华，寒不改叶，能四时而不衰，历夷险而益固。情义如此之美，值得灵魂为之粉身碎骨。

后来，他们分开了，各自待在各自的贬地平平淡淡度过了4年时光。这4年里，他们之间书信往来不断，但只谈天，谈地，谈哲学，唯独很少谈他们自己，诗词的来往平平淡淡，并没有多浓烈的情感。因为他们总认为日子还长着呢，他们还会再相见。可有时候，就在那么一次，在你放手，一转身的刹那，太阳落下去，而在它重新升起以前，有些人，就从此和你永远分开了，你再回首，再没有那人在灯火阑珊处了。而还有很多话，却来不及说出来。

819年，在柳州的柳宗元身体恶化，临终前，写下遗嘱，要仆人在他死后将书稿交与刘禹锡。

此时的刘禹锡正扶着母亲的灵柩行走在回洛阳的路上。当他经过衡阳时，遇见了这位送信的仆人。刘禹锡还以为是柳宗元原来说好的，要对自己说的话，可是当他接到信，才发现不是柳宗元的愿言，而是讣告！刘禹锡不能自已地发狂大叫起来，怎么可能？！

819年的衡阳，激荡着一个诗人失去了知己的"啊啊啊啊"大号之声，他不知如何排解这种突至之痛，唯有以大号惨烈地撕开碧落黄泉，问天问地，你怎么就这么让他去了！问柳宗元，你怎么就这么去了！

樽前花下长相见，明日忽为忘川人。君过奈河回首望，心城犹自有残春。佛经云守护心城，离生死故。此刻为你，我只愿倾城以恸，生死之痛。

然而，此刻，想说的千言万语，反而不知如何再说。

刘禹锡常常怀念起他两个人手牵手的日子，那一言一笑，从不忘记。可是现在那些美好的日子都不见了，突然寝门一恸，贯裂衷肠，子厚就这么走了。

子厚啊，希望你在梦中来看我，我做人间的庄生，你做我梦中的蝴蝶，我们就能在梦中见面私语。那个时候一生里隐秘的心事，希望我们互相倾吐。尤其子厚你说你想要跟我说的话一定要到梦中相诉啊："驰神假梦，冀获晤语。平生密怀，愿君遣吐。"他指望红尘肉身与黄泉魂魄的异心还能心有灵犀，他以为心中有爱就能穿越时光。可是彼岸有君，君又何在？

8个月后，刘禹锡还是不能从子厚之死的打击里缓过来，他还是不能相信子厚就这样走了，总以为他还在远地默默地给自己写诗："呜呼，自君之没，行已八月。每一念至，忽忽犹疑。今以丧来，使我临哭。安知世上，真有此事？既不可赎，翻哀独生。呜呼！"

他们的一生候朝阳之难遇，先晨露而俟散。草木无情，不识流年飞度，人间有情，才在生死之前哭得肝肠寸断。此种高山流水之悲，千载而下，令人腹痛。

5年以后，刘禹锡再至衡阳，看着两个人的生离死别地，回忆往昔，他站在这里目送子厚离开，一次目送他渡江赴柳州，一次目送他渡过忘川，而如今天涯藐藐，地角悠悠，故人已在他生："忆昨与故人，湘江岸头别。我马映林嘶，君帆转山灭。马嘶循故道，帆灭如流电。千里江篱春，故人今不见。"

春去春来，花开花落，就像在我眼前，你已离去，了无痕迹；天地日月，青山长河，就像在我心中，你从未离去……生生世世所眷恋的，不是拥有，而是那人还活着，这便是上苍最仁慈的恩赐。

柳宗元去世后，刘禹锡还独自活过了24年，24年里，他步步高升地回到了长安。他依然是翩翩浊世佳公子，而他已是天妒英才。

从上次离开长安后，这已经是14年，14年，一个女孩已经可以开花，一个男孩也可以发芽，而刘禹锡却因此失去了最美的颜色。当长安的桃花还在开的时候，他的桃花已经不见了。

刘禹锡再次来到玄都观，发现观中荡然无复一树，唯兔葵、燕麦动摇于春风中耳，因再题28字，即《再游玄都观》："百亩庭中半是苔，桃花净尽菜花开。种桃道士归何处？前度刘郎今又来。"

当年种桃花的和与他一起看桃花的人都已经不见了。他今天又来到这里，有人说他掩饰不了得意，可我只看到他的悲，也许，他一直不想说出下面的结局，我今天已经来了。洒蹄骢马汗，没处看花来，可是那个看花的柳郎你在哪儿呢？岁岁年年花相似，年年岁岁人不同。

多年以后，有个僧人从柳子厚贬谪之地永州回来，跟刘禹锡说起他去看了柳宗元的故居，说那里已不再是从前了。刘禹锡闻言，悲从中来，写下《伤愚溪三首》："溪水悠悠春自来，草堂无主燕飞回。隔帘唯见中庭草，一树山榴依旧开。草圣数行留坏壁，木奴千树属邻家。唯见里门通德榜，残阳寂寞出樵车。柳门竹巷依依在，野草青苔日日多。纵有邻人解吹笛，山阳旧侣更谁过？"

悠悠溪水还在，一树山榴还在，草圣数行还在，碰柑千树还在，柳门竹巷还在，不在的却是那人，他不在了，离恨如苔绿渐浸渐渍还生。即使邻人善于吹笛，又有谁能够经过愚溪草堂时，像向秀那样感笛声而写《思旧赋》呢？

再没有了。

柳宗元：千山独钓寂寞雪

◎詹佳丽

一

那日清晨，柳宗元站在长安城门外许久，踏上了去往永州的客船。

秋风瑟瑟，夹岸落叶纷飞。柳宗元悠悠长叹，此去经年，怕是再难见到长安的春天。

不久前，因永贞革新失败，柳宗元被贬为永州司马，流放蛮荒。这一程艰辛非常，猎猎江风里，他看向身侧年近七旬的老母，心中酸楚难抑。

抵达永州半年后，母亲便在病痛中离开了人世。这对极重孝义的柳宗元来说，打击尤甚。在士人传统的价值观里，"忠臣"与"孝子"乃两大终极追求，而此时的柳宗元，于国不能事君，于家不得孝亲，残酷的现实近乎击碎了他所有的年少美梦。

一腔幽愤无处排遣，痛苦压抑的柳宗元只好终日游走，试图于山水之中寻得片刻解脱。那日，他沿着小溪一路缓行，于清晨时分抵达西山脚下。木叶上正悬挂着晶莹的露水，远处的密林间不时传来几声鸟鸣。柳宗元披草而坐，取出酒壶自斟自饮，一轮红日渐渐跃过山头，金色光晕落在他的衣衫上，四围静谧非常。

山间时光快得如同白驹过隙，仿佛只是饮下一樽酒的工夫，暮色便将西山尽数包裹。柳宗元就着夕阳余晖醺然起身，只觉轻盈得飘飘欲仙，两侧的景致已看不真切，可那溪流、草木、密林却仿佛一一呈现于眼前。

微醺之间，柳宗元忽地灵识大开。这西山一醉，他悠悠躺卧于草木之上，远望天际流云，灵魂仿佛与天地融合，浑然忘却了世俗烦忧。以前他总在观景，却忘记了景由心生，而今物我两忘，双目澄明，方才真正将山水美景看入心底，于是，他提笔，写下那篇《始得西山宴游记》，"然后知吾向之未始游，游于是乎始"。

二

以西山为出发点再向西行，柳宗元邂逅了曲折回环的钴鉧潭。他买下潭边弃地，修修剪剪，筑台活水，将满园废土拾掇成一方世外桃源。之后他又买下不远处的荒丘，晨起劳作，傍晚荷锄而归。这段恬然静好的生活，令柳宗元短暂地化解了胸中郁气，他在《钴鉧潭记》里写道："孰使予乐居夷而忘故土者，非兹潭也欤？"

然而，这潭碧水终究留不住一个心怀壮志的诗人。那日当他走入不远处的竹林间，与小石潭中的游鱼嬉戏时，忽地悲从中来。他坐在临溪的石块上，周遭人迹全无。许是那日的风太过凄寒，直吹得柳宗元的心一点点冷却下去。清寂的环境里，他再也无法逃避内心汹涌而来的呐喊，只得任回忆翻涌，如凛冽的寒风般撕扯着身心。

母亲逝世后，柳宗元无力面对残酷的现实，不得不流连山水，进行着一场无奈的逃亡。可他正值壮年，胸中尚有理想未及实现，纵使现今生活安逸自在，又如何能平复那颗怦然跳动的心？恍然间，他想起初来之时写下的《八愚诗序》，愚溪、愚丘、愚岛、愚亭……到头来，不过愚己而已。他已欺骗自己太久，试图冷却心头汹涌的血流。而今独对一方幽潭，长安城中的日夜次第浮现，呼啸而来的山风却不断提醒着他，现下已然身在天边。

柳宗元忆起离开长安那日，他曾面对朝堂内种种嘲笑的嘴脸，写下一句"虽万受摒弃，不更乎其内"。抵达永州后，他更是在《三戒》之中，将宦官党羽们比作黔之驴、临江之麋、永某氏之鼠，讽刺其外强中干，虽得意一时，最终难免落得惨死的下场。这才是柳宗元，是那个备受阻挠而不退缩、爱憎分明疾恶如仇的铮铮男儿！小石潭上冷冽的风，将他彻底吹醒。

元和十年，一道诏书猝然到来，将贬谪十载的柳宗元唤回了长安。归程途中，柳宗元坐于船头，凝望两侧绵延的青山，心情无限喜悦。"诏书许逐阳和至，驿路开花处处新"，飘零十载，长安的大门终又向他敞开。然而，世事总是出乎意料，正欲重整旗鼓、施展抱负的柳宗元，却在政敌谗谤之下再遭贬谪，被流放到更为荒蛮的柳州。

登上柳州城楼，入目一片荒凉。柳宗元阖眸，脑海中浮现出昔日共商改革的挚友，如今四人散落天涯，皆是祸福难测。"共来百越文身地，犹自音书滞一乡"，惊风密雨中，柳宗元蹙紧了眉头。

三

来到柳州后，柳宗元深知重回长安已成奢想，便索性扎根蛮荒，倾尽所能为百姓谋福。柳州素有残酷风俗，贫民若欠债，须得以身相抵，终生为奴。柳宗元目睹这一现状，立即废除债务奴隶制，规定婢女可以做工赎身。同时，他还在当地创办大小学堂，为贫苦子弟谋得求学资格，使其脱离愚昧，改变命运。

巡察之际，柳宗元见荒地颇多，便鼓励民众打井垦荒，植树造林。在他的努力下，一亩亩废地被草木果蔬覆盖，昔日荒凉的柳州，也渐渐涂抹上斑斓的色彩。百姓的笑容映入柳宗元眼帘，仿若一缕清风，稍稍抚去他心底的愁怨。

午夜梦回，柳宗元时常忆起往事。

那年他初至永州，一场大雪纷纷扬扬，寂然天地间，他邂逅了一位孤独垂钓的老者。那时白雪自天穹坠落，江面平静无澜。老翁披蓑戴笠独坐小舟，千山万径冷寂苍茫，唯此一人遗世独立，傲然面对凛冽江雪。柳宗元静静看着，仿佛已忘却了世俗愁苦。灵魂若白雪飘舞，纯净、轻盈，无所拘束。可世态寒凉，如同这猎猎风雪。任江心独钓的老者如何超凡脱尘，也不能改变终无所得的惨淡结局。

思及此，浓烈的无奈攫紧了柳宗元的心。他想起二十一岁那年高中进士，初入长安之时，胸中怀揣着的是怎样远大的理想！而今谪居柳州，虽可尽己所能惠及民生，却到底无法实现心底最大的渴望。他所期许的，是能够惠及整个唐王朝的德政，是忠君报国，于庙堂之高施展才能。

柳宗元终于明了，任他如何排解，也抚不平愤懑失落的情绪，而所有的平和淡然，到底只是一场自欺欺人的谎言。那年他虽离开长安，心却长久地停留在巍峨宫阙上，从不曾远去。

四

元和十四年，深冬。这日风雪漫漫，柳宗元静卧病榻，恍然中好似回到了永州的山水间。他循着溪流而行，见那葱茏林木、清碧石潭，仍是昔日秀美雅致的模样。

他忽然觉得倦了，便躺卧于小舟之上。船儿顺流而下，将他送去一个宁和静谧的长梦里。漫天飞雪中，饱受贬谪之苦的柳宗元走完了这寂寞的一生。死亡宛如一场赦免，令他的灵魂脱离现世拘束，回到那自在的天地间轻声呢喃：千山鸟飞绝，万径人踪灭。孤舟蓑笠翁，独钓寒江雪。

岳飞：
知音少，弦断有谁听

◎苏沧桑

公元1142年农历十二月二十九日夜，临安（现杭州）大理寺。一杯毒酒穿肠而过，该有多痛？比母亲将"精忠报国"四个字一针一针刺在背上还痛？比目睹山河飘摇时一声"还我河山"的嘶吼还痛？比"莫须有"之罪还痛？比严刑逼供还痛？比39岁英年最后的绝笔"天日昭昭，天日昭昭"还痛吗？毒酒穿肠而过，在冬夜彻骨的寂寒里，岳飞轰然倒下，大地开始颤抖，整个南宋开始颤抖。

三十年前，母亲用我的第一笔稿费，买了四轴巨大的字画，挂满了三楼雪白的一面墙，从左到右，第一幅是岳飞的《满江红》，然后是苏轼的《赤壁赋》《水调歌头》，还有一幅我忘了。从左到右，从上到下，我在心里一字一句地默诵着那些字句——

"怒发冲冠，凭栏处，潇潇雨歇。抬望眼，仰天长啸，壮怀激烈。三十功名尘与土，八千里路云和月。莫等闲，白了少年头，空悲切。靖康耻，犹未雪；臣子恨，何时灭。驾长车，踏破贺兰山阙。壮志饥餐胡虏肉，笑谈渴饮匈奴血。待从头，收拾旧山河，朝天阙。"念着念着，我听见一个懵懂少女心里有一个声音说：我爱他。

那时，故乡靠山的南窗吹进来一阵一阵春风。那时，我还没有去过杭州，不知道岳飞就葬在那儿，那时，我日日夜夜念着这首诗，看到他一次次从那幅字画中走出来，真真切切地站在我面前，他帽子上的红璎珞随着阵阵南风微微晃动。我在课文里找到他的《出师表》，在课外找寻他的《小重山》《五岳祠盟记》，在历史深处，找寻有关他的一切史实或传说，像一个恋爱中的少女，想知道那

人的一切。是的，假如我是一个古代的女子，假如我可以爱一个男人，那人就是岳飞。

不仅因为，他是旷世奇才，是中国历史上最著名的战略家、军事家、抗金名将，是世界历史上胜率最高的将领之一，是两宋以来最年轻的建节封侯者，他还是书法家、文学家，最重要的是，在一个少女心里，他是一个懦弱时代最阳刚的男儿，也是最有魅力的男人。

公元1103年普通的一天，河南汤阴一户普通农家的屋顶上突然掠过一只大鸟，盘旋着，与此同时，屋顶下一个男婴呱呱坠地。这户岳姓人家便给他取名"飞"、字"鹏举"。岳飞长大成人时，正值宋朝危亡之秋，二十岁应征入伍，临行前，母亲脱下他的衣服，在他的后背刺上了"精忠报国"四个字。

带着那四个字，他出发了。绍兴四年（1134年），他第一次北伐大获全胜，被擢升为清远军节度使，全军将士欢欣鼓舞。那是一个秋天，骤雨初歇，江山明丽，本该志得意满的他，却陷入了更深的忧虑。他深知宋高宗一心议和，收复失地、洗雪靖康之耻的志向难以实现，凭栏远眺，感慨万千，一首气壮山河、传诵千古的名篇《满江红》脱口而出。

《满江红》余音未了，果然如他所虑，无论他怎样努力，担忧仍变成了事实。绍兴十一年，金国再犯淮西，岳飞率八千骑兵驰援，而朝廷一味求和。金兀术致信秦桧，凶相毕露："必杀岳飞而后可和。"岳飞被召回，以谋反罪被关进了临安大理寺，受拷打、逼供。然而，自始至终，秦桧一伙找

不到任何证据。韩世忠曾当面质问，秦桧支吾其词"其事莫须有"。韩世忠当场驳斥："'莫须有'三字，何以服天下？"

天下不服又有何用？公元1142年农历十二月二十九日夜，宋高宗下令赐死岳飞。岳飞部将张宪、儿子岳云亦被腰斩于市门。

不知道那个除夕前的夜晚，是否有大雪纷飞，是否有寒风彻骨，是否有亲近的人为他送行？临刑前，岳飞什么也没有说，提笔在供状上写下"天日昭昭，墨字无声，一笔一画，都是力穿纸背的悲愤呐喊！而那一声呐喊纵然惊天地泣鬼神，却撼动不了整个飘摇南宋的懦弱。

岳飞轰然倒地。夜深人静时，一个狱卒冒了生命危险，将岳飞遗体偷偷背出杭州城，埋在钱塘门外九曲丛祠旁，直到死前才将此事告诉儿子，并说：岳帅精忠报国，今后必有给他昭雪冤案的一天！

岳飞沉冤二十一年后，绍兴三十二年（1162年），宋孝宗即位，重举北伐大旗，下诏平反岳飞，加封谥号，改葬西湖栖霞岭。从此，一个最刚硬的男人，睡了最柔软的母亲怀抱般的西湖山水里。

18岁，我来到杭州栖霞岭下，拜谒了岳坟，拜谒了心中的那个王。"青山有幸埋忠骨。"这是西湖的幸运，也是我的幸运。我离他这么近，中间就隔着一堆土，或者一阵风而已。一阵风吹过来，他石砌的坟头上一棵青草微微晃动，又一次，他从我年少时那幅南窗边的画轴上走下来，站到了我面前。

我的眼眶立刻湿了。

又一个十八年以后，或更多年以后，我常开车经过西湖北岸，经过岳坟时，常常，我会摇下车窗，远远望向岳坟门口人山人海的更深处，问候我心里的王。岁月早已风干了我年少时的眼泪和梦想，我的眼睛告诉我，如今，这繁华喧嚣的真实世界里，再也不会有岳飞这样的男人了，更不会有很多女孩像年少时的我那样，奢望嫁给他了。

因为，嫁给他，做他的亲人，幸福吗？答案一定是否定的——

他的全家都只能穿粗布衣衫，有一次，妻子李氏穿了件绸衣，岳飞便说，皇后与众王妃在北方过着艰苦的生活，你既然与我同甘共苦，就不要穿这么好的衣服了。自此，李氏再没有穿过绫罗绸缎。

念他劳苦功高，宋高宗曾说要在杭州为他建造豪宅，岳飞辞谢说，北虏未灭，臣何以家为？

他乐善好施也就罢了，还经常化私为公，有一次，命令部下将自己家"宅库"里的所有物品，除了皇帝"宣赐金器"外，全部变卖，交付军匠，打造良弓两千张以供军用。南宋对军队犒赏极厚，岳飞从来不取一文，全数分给将士。

他的子女，丝毫没有沾过父亲的光，每天做完功课后，还必须下地劳作，除非节日，不得饮酒。长子岳云屡立殊勋，岳飞却多次隐瞒不报。直到风波亭事件，却遭父亲连累惨死。但是，难道他不爱他们吗？答案也是否定的。

他不纵女色。蜀帅吴介曾试图送名姝国色，被岳飞送还，说，国耻未雪，皇上都不安宁，岂有将士先取乐的道理！

他是极孝顺的儿子。母亲病了，他"尝药进饵"，母亲亡故，他赤脚扶棺近千里："若内不能克事亲之道，外岂复有爱主之忠？"

他爱兵如子。与将士同甘苦，常与士卒里地位最低下的人同食。士卒有伤病，亲自抚问，士卒家庭困难，他让相关机构多赠银帛。将士牺牲，厚加抚恤，妻子也常慰问将士遗孀。如此官兵同心的军队，自然是"撼山易，撼岳家军难"。岳家军所到之处，"冻死不拆屋，饿死不打掳"，民众无不欢欣，"举手加额，感慕至泣"。

这样一个完美的男人，他幸福吗？答案一定也是否定的。

岳飞虽是武将，但心思敏感，文采横溢，一个特别有才华有思想有抱负的人，注定一生都是寂寞的。他浴血沙场，不为功名，只希望遇明君，实现抱负，却一腔热血空付东流。一首《小重山》便是这个寂寞英雄的内心写照：

"昨夜寒蛩不住鸣。惊回千里梦，已三更。起来独自绕阶行。人悄悄，帘外月胧明。白首为功名。旧山松竹老，阻归程。欲将心事付瑶琴。知音少，弦断有谁听？"

"知音少，弦断有谁听？"陡见这一句，以为是深闺秋怨，谁能想象，这一句无奈之叹，竟出自真男儿岳飞之口？

多年以后，赏识他的明主登基了，太迟了。一百年以后，一千年以后，无数景仰他的人来了，各种肤色的知音站在他面前，然而也太迟了。

41

黄庭坚：
江湖夜雨十年灯 ◎旧年尺素

❖ 一 ❖

东坡挥手告别的时候，宋代文坛波涛戛然而止。再也不会有一蓑烟雨任平生的豁达，亦不会有诗酒趁年华的潇洒，似乎这份也无风雨也无晴的执着只属于东坡，但那《瘗鹤铭》之前久久徘徊的又是何人，孤寂寥落的身影如同大漠孤烟，只是久久相伴的长河落日终于沉睡了。千里婵娟带来的离别让他怅然若失，东坡化作那大江，绵延而去，而他在往后十几载中，两袖清风，唯念故人。他便是东坡挚友——黄鲁直。

花光寺中依旧是嫩寒清晓，孤山篱落，一层蒙蒙轻烟将寺院笼罩其中，恍然间忘却今夕何年。庭院中案上一壶清茶，淡淡茶香唤醒风的味蕾，鲁直沉思的眼角褶皱着岁月的痕迹，浓墨几点，搁笔思之。佛家与道家的空灵是他笔下的风华，在展颜之后挥毫，从此娴雅从容而又挥洒豪迈的鲁直从丹青笔墨中走来，淡雅如画，浓烈似苍松。都说字如其人，在他写下《荆州帖》的时候，世人便知，千年之后，鲁直会似古松一般长青于世，不屈不挠。

墨香在空气中氤氲开来，"沙沙"的声音如同窗外松涛阵阵，手写墨缘，执笔便是一生。如果说，鲁直的人生是一幅上上乘的书法作品，那么它的起笔与落款必然是经过深思熟虑的，哪怕中有起伏，也必会虚怀若谷，找寻到其归处。

所以，那第一笔在宣纸上晕出一尾长横的时候，好似一股清风，由轻至重，收笔平稳如南国连绵的山峦，那是清风徐来的沁人心脾，鲁直就像那二月的新柳，在无声无息中让人心旷神怡。

谁曾想垂髫小儿之际的鲁直便吟出："骑牛远远过前村，短笛横吹隔陇闻。多少长安名利客，机关用尽不如君。"从此，在江西这个钟灵毓秀的地方有了一位"千里之才"。这一笔长横来得稳重老练，似一枚老姜，它的辛辣与滋味由岁月品尝。而后鲁直更是一语惊人："若问旧时黄庭坚，谪在人间今八年。"

而他，亦果真是那后来居上的"谪仙人"。

❖ 二 ❖

许是上天太过垂怜，他不似太白，未及弱冠，便已踏入仕途。从此繁华京师，四海之内鲁直大名何人不知，何人不晓？他是乡野之中的荒草，在一片颓然中野蛮生长，这一笔人生，毫无疑问是一笔悬针竖。起笔苍劲，不卑不亢；收笔果敢，凌厉陡然。

诗文的超凡绝尘终于让鲁直与东坡相遇，鲁直不同于少游，他更多的是潇洒与旷达，也是因此，他与东坡，更多的是亦友亦师、惺惺相惜之中的真挚，在鲁直今后的人生中这无疑是一份最令人动容的感情。

如果说，书法于鲁直是一件朴实无华的外衣，那么诗文于他便是生命之精髓。也许，历代卓然的书法家中人们常常会将他遗忘，但驰骋文坛，身为江西诗派"一宗三祖"之一的鲁直又怎会被人遗忘？随风潜入夜，润物细无声。

鲁直不同于太白的飘逸。对于大多数人来说，人生更多的是老杜的沉郁顿挫与脚踏实地，鲁直便是这般，江西诗派在他手中蔚为大观，驰骋文坛近百年。所以，当他认真写好这笔垂露竖的时候，一代文坛领袖如冉冉初升的朝阳，绚丽夺目，如同森然远岫的起笔，肃然崔巍；看似毫无波澜的路程，是一汪寂寂的湖水，月朗星稀，鱼儿沉睡，当黎明张开双眼，一张洒了金的宣纸便铺满整个天空，云彩是缤纷的墨，驾车而来，这一笔的回峰让人流连忘返。

千年快阁闻名遐迩，昔年少年才子早已湮没于时光的河流，有多少人在登上快阁时候还会忆起鲁直当年那首《登快阁》：痴儿了却公家事，快阁东西倚晚晴。落木千山天远大，澄江一道月分明。朱弦已为佳人绝，青眼聊因美酒横。万里归船弄长笛，此心吾与白鸥盟。

天下间豪迈尽在胸中，这是一笔飞横，似白鸥一般，徒留身影与长空。生来就幸运的鲁直像是顺流而下的落花，直奔到海，也许，长长的一生可以就此波澜不惊。但这样的鲁直，你还会爱吗？你还会有那份苍凉之感吗？飞横潇洒，却更像是他潇洒人生的句点。东坡不是说过吗，人有悲欢离合，月有阴晴圆缺。人生是一条抛物线，当你到达制高点的时候，必然会降落。只是，你会像瀑布一般飞流直下，还是会像蒲公英一般缓慢降落？

❈三❈

1098年，鲁直被贬，从此一帆风顺的仕途生涯落下帷幕，四海为家的漂泊羁旅展开。浮萍人生自古有之，只是各种辛酸滋味又何人说？

春归何处。寂寞无行路。若有人知春去处。换取归来同住。春雨叮咚，叩响离人的跫音；春潮窸窣，谁在呜咽，如泣如诉；春水无情，可问花期是归处？这就是鲁直生命里的那笔飞白吧，不忍下笔，断断续续。但这一笔飞白，是繁花锦簇的生命里的月落白、天地青。过往岁月太过浓烈的色彩此刻被抹上一丝浅淡，这一笔余味悠长，恰如暗夜里灯火一豆，微光闪烁。

不过不要忘记，鲁直是青松，这寒风凛冽中，一袭素衣在身，手执红梅，哪怕屋檐上有再多彻骨的冰凌又如何？往昔岁月，花光寺中，偶遇东坡诗卷，同样是红梅怒放的冬日，大雪不知人间苦，难掩红梅香彻骨。即便东坡已如那大江

之水东流而去，他留给鲁直的真挚依然是这冬日里最有温度的红梅。好似千里婵娟，共度一片清朗。

众女嫉余之蛾眉兮，谣诼谓余以善淫。屈子的悲愤早已化为汨罗江中滔滔不绝的江水，奔腾不息。而当鲁直被奸人所佞，不卑不亢是他的坚持，直言不讳是他的操守。也许，和东坡相识之际就已写好，漂泊是他们共同的命运。身为"苏门四学士"之一的鲁直果真是何妨吟啸且徐行，竹杖在手，芒鞋轻蓑，任他风雨任他晴。

东坡去了，少游亦走了，当年的月光好似蒙了灰尘，手中的笔倏忽间已是几十载。人生天地间，忽如远行客。当年华藏不住苍老，当岁月不再是一杯清茶，人生这一笔又该如何写呢？鲁直也迟疑了吧，当年陌上楼头，而今都向尘中老。我居北海君南海，寄雁传书谢不能。时光顿然，已是银山堆里看青山了，苍老可以磨去豁达，让那份坚持成为厚厚的茧，不痛不痒。我想，十几载的孑然一身早已让鲁直忘记当年了吧。

❈四❈

可惜不当湖水面。

这是苍凉的一笔，这是悲戚的一笔，这也是颤抖的一笔。所以，它定然是一笔折芒。风雨一生，折去锋芒，用尽全力护住最后一份赤诚。这不是倒戈，只是看破，宦海浮沉也好，名利双收也罢，此生得一知己如东坡，何憾有之？

春风桃李一杯酒，江湖夜雨十年灯。十载光阴，鬓已星星，家徒四壁，茕茕孑立。只可惜最后的时光里，鲁直即便早已折芒，也未能换来片刻安稳，落叶归根终究成了一场空梦。两行浊泪终敌不过江湖夜雨。

长横之根基稳如泰山，悬针之才情陡如华山，垂露之稳健，飞横之快意，飞白之不忍，折芒之坦然，是时候题上鲁直的落款了，人生到处知何似，应似飞鸿踏雪泥。那就以红梅为泥，以鸿爪为印，在那泛黄的宣纸上涂一抹夕阳吧。

又是一场大雪。雪霁之后的花光寺一片皎洁，月光澄澈如湖水，凛冽的风吹起一场漫天雪，是谁秉烛赏梅，又是谁在灯火微阑中蘸了几许墨香，那黑白红的世间会记得你吧。

贾岛：
梦在出发的地方等你归 ◎倾蓝紫

那一年，他还是个僧人，骑着毛驴，缓缓行在大道上，满脑子都"推敲"着他的诗：闲居少邻并，草径入荒园。鸟宿池边树，僧推月下门。是"僧推月下门"，还是"僧敲月下门"？只顾着此推敲二字，没注意自己已不是行在可看花缓缓归的陌上，而是挡在了一队人马之前。

有人喝止了他。抬头望，原来是在洛阳任职的韩愈的仪仗队，于是上前作揖说："贫僧无本，未定推敲，神游象外，不知回避。"韩愈对此很感兴趣，让他诉说原委。无本和尚回说了这首《题李凝幽居》。韩愈一锤定音，说用敲字。于是无本和尚写完了这诗。

二人并辔而行，共论诗道，结为布衣之交，韩愈惊叹于他的诗才，后来还写诗云："孟郊死葬北邙山，日月风云顿觉闲，天恐文章浑断绝，再生贾岛在人间。"恐他才能埋没人间，劝他还俗应举，他依约而行。

有人说，这诗有幽期二字是写僧人会情人的，故该是僧推月下门。其实，我仿若看到是一个诗人在投石问路于功名。他跟韩愈相遇，韩愈约他到长安一展抱负，所以他在补完的全诗里对韩愈说跟你的约定不会辜负，他还会再回到这条大道上。

他们以一首诗相遇，从此一个诗人就改变了人生轨迹，从看花陌上转到了官家大道。为这一相遇，他还俗了，以贾岛之名开始闯功名。

本来当初他只是因为家贫而出家，法号无本，无本者，即无根无蒂、空虚寂灭之谓也。但他身在佛门，却未能忘却尘世。他在洛阳为僧时，当局规定午后不得出寺，不能忍受的他还发牢骚道："不如牛与羊，犹得日暮归。"

本不甘心为僧的他，如今被韩愈指点，兴冲冲地回老家范阳去办了还俗手续。不久，韩愈奉调入京为职方员外郎。贾岛也到了长安，开始了他追逐功名的路途。

曾经，他到深山里，寻访隐士，却不遇，只能问松下的童子——松下问童子，言师采药去。只在此山中，云深不知处。诗人站在深山之外，望着浮云深处，他没有进去。那云里雾里，不是他的方向。他回头了，这一回头，就在官家大道上遇见了韩愈。

他这一不遇，我们也不遇了一个隐逸的诗人，他已不是那个松下问童子的人了。也许那一日，他入得深山里，我们还可再得一个采菊东篱的陶渊明，而得更多如是户不掩扉、以片云孤木为伴的《题隐者居》诗："虽有柴门常不关，片云孤木伴身闲。犹嫌住久人知处，见拟移家更上山。"但是后来他终究变成一个长安的赏烟霞客，而不是那个唯入烟霞不厌深的隐客。我们得到的便是贾岛，这个长安城里一直不得志的苦寒诗人。

贾岛来到了长安，屡举进士，却不第，竟然还得到一个"举场十恶"的恶名，被五代时的何光远当作反面教材写在了他的考场宝典《鉴诫录》中。后来更因作诗《病蝉》讽刺官员而被逐出京城……

曾经他在山中打开了门，想迎接的是啸客，但是，最终那啸客没来："逸人期宿石床中，遣我开扉对晚空。不知何处啸秋月，闲著松门一夜风。"来的是官场中人韩愈。

后来他在长安敞开了大门，却等不到人来，他去敲那些朱门，却只遇："投刺诣门迟。怅望三秋后，参差万里期。"就像孟郊说的长安："家家朱门开，得见不可入。长安十二衢，投树鸟亦急。高阁何人家，笙簧正喧吸。"

但是最理解他的苦寒清瘦之心的孟郊，814年，在任职途中暴病去世，世间再无知他心中之苦，与他可共鸣的人，所以贾岛要哭孟东野：兰无香气鹤无声，哭尽秋天月不明。自从东野先生死，侧近云山得散行。

他在长安，更孤独失落，如那寒蝉而作鸣泣之声：风蝉旦夕鸣，伴叶送新声。故里客归尽，水边身独行。噪轩高树合，惊枕暮山横。听处无人见，尘埃满甑生。

孟郊去世时，他还是一介白衣，而十年后，韩愈去世时，他仍是一介白衣。十年，他还在还俗的起点上，尝尽人间风霜。

世间的相遇总是会有一遇再遇，但再遇的风景就不会有初遇那么美好了。传说有一天贾岛又在长安的大街上撞上一个大官了。那天秋风大作，长安落满了树叶，贾岛即景吟得"落叶满长安"一句，然后就没了下联，他苦思冥想，终想到一句"秋风吹渭水"，正喜不自胜时，就撞上了京兆尹刘栖楚出行的仪仗队。贾岛的一撞是巧，二撞真不知是有意还是无意的了。他在洛阳一撞，就撞出个韩愈，那在十人骑马有九人是官的长安挑个队伍庞大的一撞，那岂不能撞出个大官来？他果然撞出了京兆尹刘栖楚。无奈刘栖楚不是韩愈，把他抓进去关了一晚。

又传说贾岛一直居住在长安的法乾寺，法乾寺乃以宣宗皇帝旧藩邸改造。有一天，贾岛于寺中钟楼上吟诗，恰逢唐宣宗微服出游，听到楼上吟诗声，便循声登楼，见案上有诗卷，便取来浏览。贾岛看到了，一把抢走诗，责怪道："郎君鲜食美服，哪懂这个？"皇帝红着脸下了楼。后来贾岛知道原来这就是他心心念念要见的皇帝，吓得要跳楼，幸皇帝急诏释罪，安排他做了个长江县（今四川蓬溪）主簿的官。贾岛打开的诗门，终于等到了他期待已久的贵客。

但这也许只是个美丽的传说而已。据贾岛的墓志铭说，贾岛死于843年，唐宣宗继位前！他是在唐文宗的时候，去做的长江主簿。所以，他的诗集叫《长江集》。而又有很多他的传记，写他是因为诽谤而被贬为长江县主簿。840年，迁普州（今四川安岳县）司仓参军。等到843年朝廷要给他升官升任司户参军，他未受命而染疾在普州去世，终年64岁，临死之日，家无一钱，唯病驴、古琴而已。遗体安葬在安岳县城南安泉山麓，清朝时，当地县令在墓前建造了"瘦诗亭"，至今犹存。

曾经他常常登上安岳的南楼写诗，说："水岸寒楼带月跻，夏林初见岳阳溪。一点新萤报秋信，不知何处是菩提。"

追逐梦想大半辈子，回首途程尽翠微，终在最后一座山里埋葬了一生。三十多年追逐的名利，落到手中不过是一把秋萤，在宦海生涯里一直不得意，从未引得他回头，再回到松树下问那童子。此时，登上高楼而自问"不知何处是菩提"，他是后悔了吗？

南楼之上，这个诗人怅惘地吟下：纵把书看未省勤，一生生计只长贫。可能在世无成事，不觉离家作老人。这是他对自己一生的总结。他的墓志铭上写着："猗欤贾君，天纵奇文。名高天下，鹤不在云。蚤振声光，高步出群。今则已矣，馨若兰薰。"不知何处是菩提，他望不见他的菩提何在，而世间读诗的人都望见了他诗中的菩提……

苏轼有诗："遥想后身穷贾岛，夜寒应耸作诗肩。"想千年以前，在一个寒草烟藏虎、高松月照雕的深寒的夜里，某一扇窗前，贾岛以手打衣裳，耸着那瘦骨嶙峋的作诗肩，上面零露已濡沾，打着寒战写下诗篇："坐闻西床琴，冻折两三弦。"

如闻一多所说他是个好秋冬的诗人，以寒字为佳句最多："孤烟寒色树，高雪夕阳山""废馆秋萤出，空城寒雨来。夕阳飘白露，树影扫青苔"……

"独鹤耸寒骨，高杉韵细飔。"这句诗何尝不是诗人自己此时夜寒应耸作诗肩的写照。在清寒的时代以清冷之心写诗，而如他的《鹭鸶》："求鱼未得食，沙岸往来行。岛月独栖影，暮天寒过声。"求鱼未得鱼的诗人阵阵清声雁渡寒潭……

左芬：
高飞纸鸢被线牵 ◎汤小小

填词作曲，吟诗作赋，自古是富贵书香人家的休闲，贫寒人家，只会让男孩悬梁刺股，以期某日，名扬天下，衣锦还乡来。

左芬是个例外，虽然出身寒门，却有机会和兄长一起读书识字。史书上说，兄妹俩相貌丑陋。相貌这东西，对于男子来说，只是锦上添花的华服，有当然最好，没有也无甚大碍，可对于女子来说，它犹如一叶扁舟，可以载着你驶向花香夜暖，也可以载着你驶向荒漠一片。

一个没有倾城之貌的女子，又没有家世可依附，想要跃上枝头，快意人生，总得有另外的特长才好。或许，正是因此，左芬才选择用诗书来装饰自己，在那个丑小鸭一样的小女孩头上戴上才女的凤冠，让她闪闪发亮。

左芬天资极高，亦不敢把诗书当作休闲之物。柴扉清夜，总有荧荧烛光轻晃，摇曳出一抹瘦弱倔强的身影。这身影一日日拉长，瘦弱的女孩一日日长大，虽姿容依然如尘土般灰暗，却被诗书浸染得自有一番凌然风骨。

兄长左思名满天下，左芬的才名也飞出柴门，成为才子佳人们高谈阔论时，最口齿生香的话题。

草长莺飞时，和诗友们相携而行，任花粉沾染裙角，对美景吟佳句，笑声清脆，惊得鸟儿扑棱棱乱飞。

容貌欠佳的女孩，如纸鸢一般，借着诗书的东风，冉冉地飞了起来，越过草木灰尘，越过人群沸腾，越飞越高，越飞越欢快，呈现在眼前的，是碧海蓝天的广阔，是未知世界的憧憬。

懒散的午后，寂寥的雨夜，左芬独坐窗前，托腮神思，眼神里荡着点点碧波。那个能够和自己相伴一生的人，会是什么样子呢？他一定得有满腹才华，他一定不能以貌待人，红袖添香夜读书，相携含笑度春秋，得一人心，琴瑟合鸣，不管富贵或贫寒，都是人生美事一桩。

以左芬的才名，一定也吸引了不少爱才之人，可以左芬的容貌，一定也让很多自诩爱才的人退避三舍。在择妻这件终身大事上，女子的容貌仿佛政绩考核，是必不可少的一环。

左芬不以为意，若不能择得如意郎，不如与诗书共缱绻。"性清者荣，性浊者辱"是她闲暇时偶得的诗句，也把她清风明月一般的清高掀开一角给世人看。左芬面对的是五彩斑斓的世界，无论怎样挥洒，都是清丽婉转，超凡脱尘。只是命运像个调皮的孩子，总是冷不防地跑出来，给你当头一棒，毁灭你所有的幻想。

左芬把才名当作自己最美丽的衣裳，穿着它肆意起舞，踏出最惊艳的舞步。只是，这件衣裳没能得到才子们的欣赏，却入了晋武帝司马炎的眼。司法炎的荒唐与好色，像一把剑，斩杀了无数女子的幸福，那九重深宫，重重帷幔，锁住了多少如花似玉似水流年。这样的人，怎么可能是左芬托付一生的如意郎？即使多看一眼，恐怕她也是不屑的吧。

但是司马炎看够了容貌出众的女子，也想从庸脂俗粉中抬起头，附一回风雅，博一个爱才的好名。反正，后宫佳丽无数，多一个少一个，就像落叶飘于江河，于帝王的生活，不会起丝毫涟漪。

对于左芬来说，却是一瞬间被卷入激烈的漩涡。高傲如她，岂肯委身于这样一个荒唐的男子？她一定对着诗书无语泪成行，一定恨不得把诗词才名付诸炉火，烧个干净利落。只是这一切，都如螳臂当车，除了身心俱疲，毫无用处。

左芬一定不甘于这样的命运，可帝王之威，谁敢违逆？纵使她是个"性清者"，也不得不接受被"辱"的命运。除了入宫，她别无选择，毕竟，每个人都像一根藤，枝枝蔓蔓，缠缠绕绕，斩断一根，就会殃及无数。她有自己要保护的人，她不能任性妄为，把一家人放在刀下，任人鱼肉。

才女左芬自此成了修仪左芬，这个不高不低的名位，把明亮的光线阻断，将她锁入一片黑暗愁苦之中。往日清丽婉转的女子，犹如一朵梨花落入泥淖，纵然洁白如玉，也被深宫的污泥染得失了颜色，再也没有了傲人的光彩。

深宫里的女子，哪个不是以色示人，曲意承欢？左芬无色可依，亦不屑于与后宫女子争宠，这样的人儿，又哪有资本让驾着羊车在后宫里乱转的帝王多眷顾一眼？

没有帝王眷顾的女子，就像没有依靠的浮萍，只能居于薄室，看人冷脸。深宫里的左芬，就像一只失了翅膀的鸟儿，再也不能随意飞翔，再也不复往日的欢乐无忧。庭院深深，春日漫长，她只能独坐宫中，忆起父母，忆起往日种种，泪沾衣襟，独自惆怅。

无数个寂寞的昼夜，满腔深情无处可寄，只能执笔，把心事一行行倾诉于笔端。"何时当奉面，娱苦于书诗。何以诉辛苦，告情于文辞。"幸好有诗词，不然这漫漫长夜，这寂寞白日，要如何度过？

她像一个造型别致的古董，被人惊艳一时，据为己有，然后，又被无情地抛到墙角，任灰尘满面。如果一直这样，虽冷清，却也自是随意安适，但生活总喜欢在猝不及防的时候，来一点儿峰回路转。重阳佳节，秋意浓浓，皇帝登高望远，面对唯唯众人，总觉得缺点儿什么。

此时，若是有诗词凑趣，岂不要高雅很多？早有人随声附和：左修仪才华无双，必定出手不凡。皇帝蹙眉，深思良久，终于想起这个被遗忘的才女。哦，那就让左修仪前来，作一首《离思赋》吧。

带着圣旨作赋，不知道左芬的心里该是多么凄凉，想起咫尺天涯的兄长，想起阔别多年的父母，左芬的泪泫然欲滴。"嗟隐忧之沈积兮，独郁结而靡诉。意惨愦而无聊兮，思缠绵以增慕。夜耿耿而不寐兮，魂憧憧而至曙。"一字一句，如泣血般，道出自己心中苦闷。

离思的苦闷皇帝或许不懂，但歌赋的优劣，他一定是懂的。左修仪的才名果然名不虚传，如

此佳人，修仪的位置实在是太低了，就做贵嫔吧。

从此，左修仪成了左贵嫔，皇恩浩荡，看似恩宠无限，宠的却不是眼前的女子，而是她吟诗作赋的才能。左芬似乎一跃成为深宫里的宠妃，但凡需要诗词歌赋的场合，她总是随皇帝一起出席。而她唯一要做的，不是好好打扮自己，不是享受嫔妃的尊荣，而是听从皇帝的吩咐，写一些应景的诗词，博众人一乐。

春日踏青，美景当前，爱妃，你写一篇春日赋吧；宫中有人去世，真是悲哀，爱妃，你写一篇悼亡词吧；皇子公主出生，如此欢喜的时刻，爱妃，你写一首颂词吧。诗词，沦为了皇家的玩偶，那个冰清玉洁的左芬，那个孤傲清高的才女，沦为诗词的奴隶。

不得如意郎也罢了，居然连唯一可以寄情的诗词，也不复有往日的肆意与洒脱。左芬看司马炎的眼光，该是多么的厌恶嫌弃，这个男人，居然是自己的夫君？一切恍如在梦里，他何曾给过自己一点宠爱，他何曾知道自己的一点儿心事？这样的夫妻，真是连路人都不如，自己满腔深情，竟真的无处可寄了。

纵使不愿，却不得不一再执笔，用诗词歌赋，来取悦那个高高在上的帝王。夜深人静时，左芬定是辗转难眠，一遍遍在心里嘲笑着自己，才华本是你飞翔的翅膀，怎么如今，成了桎梏你的牢笼？这牢笼，却是怎么也无法挣脱。纵使熬到司马炎离世，她也不得解脱，只是加了一个先帝嫔妃的称呼。后宫改天换日，掀起阵阵腥风血雨，连装点门面的才华也不需要了。

左芬的境遇变得万分凄凉。如一叶失了方向的小舟，在汪洋大海里飘荡，一个浪打来，便会消失得无踪无迹。生无可欢，她的心早已冰凉一片，如寒冬的刀霜一样毫无温度。这一生，左芬都被锁在了深宫里，满腹才华，也只能在深宫里埋葬，独自寂寞，独自终老。

她如一只精巧的纸鸢，虽然天姿欠缺，却可以乘着诗书的东风，在天空肆意舞蹈，舞出自己的华美世界。奈何一根丝线轻轻一扯，便让她从天空跌落，再也无法起飞，只能蜷缩在角落里，蒙上满身灰尘。这是纸鸢的悲哀，又何尝不是握线人的悲哀？

枫桥夜泊

作词：李健
演唱：李健

纵然是千言万语 也不过心里那一句
风轻柔河流缓缓 哪管情深波澜
月色正好欲诉衷肠 忽然间鸦雀惊水面
泛起了涟漪碎了水中月 从此后无声悄然
回望一幕幕送别 何尝不轻描淡写
独自出姑苏城外 流光未曾相约
此处是否一如昨天 枫桥边渔火人流连
又是寒山上钟声阵阵 惊醒那城中人
回望一幕幕送别 何尝不轻描淡写
独自出姑苏城外 流光未曾相约
此处是否一如昨天 枫桥边渔火人流连
又是寒山上钟声阵阵 惊醒那城中人
我一路追寻日月千里 却发现心在原地
看惯了风起云涌 竟看不开别离
我一路追寻世间真义 不知道你在哪里
苦苦求索天地万象 竟不过是无常
纵然有千言万语 也不抵心里那一句
重逢处飞鸟起落 不是往日你我

　　小时候，读《枫桥夜泊》这首诗，感受到的是旅人张继的情怀，月落乌啼、霜天寒夜、江枫渔火、孤舟客子，有景有情有声有色。那时候还不知道离别的惆怅，世间万象的无常，还不懂得年华似水匆匆一瞥，多少已然轻描淡写。如今穿梭在人世苍茫，追寻过日月千里，风起云涌，也感慨过往日缱绻。一切碎片都像是湖面上泛起的涟漪，突然间落了幕。但你知道，心中有情怀，哪里都会有起幕的舞台。一如我喜欢的歌者李健，一如他婉转温润的唱词，重逢处飞鸟起落，不是往日你我。

一腔心知当更长，一汪叹息飘更远。
没有概念可定义。
但我们，可以用心底的诱惑，
将这柔软，记录到底。
从此，前人有前人的秘密，
今人有今人的心意。
——苏禾

心上玉楼，灯下辞章

◎如画烟升

梦里玉楼，雕花满窗，亭亭伫立于虚空，月光流转，温柔倾泻，有夜雾涌来，轻轻缠绕，如女子白皙的手，温柔覆盖，小心呵护，难以拾掇，心事幽微。

可有人能窥见，这心事早被掩埋，一切种种，尽数封存。暗夜小楼，暗夜如梦。月光轻洒，洒在这十二曲的栏杆上，洒在这垂于栏杆的玉手心。凄凄凉凉，寂寞无边。倚栏女子眉间一丝似有若无的哀愁，如一尊栩栩如生的玉雕。暗夜里的白蘋洲早已看不真切，楼前千帆过尽，却独无她等待的那一叶归舟。

那年送君远行，柳丝袅娜，春意正浓。折一枝柳赠与他，绿罗裙，青柳枝，愿君处处怜芳草。她每日穿着旧时的绿裳在小楼中翘首以盼，可惜过尽千帆皆不是。寒夜独卧，望着香烛燃烧，红泪一滴滴淌下，不禁以手抚面，竟染了一手的胭脂红泪。一夜未眠，香烛燃尽，曙光渗透纱窗，窗外花落春将尽，而君未归。

月上中天，未曾离开。日复一日，年复一年，她都是以如此的姿态盼君归来。

倚栏杆，忆旧游。昔日陌上的青涩少年，摘一朵牡丹别于她的发间；还记得，藕花深处，那如蜜誓言；还记得，上元佳节，那如玉容颜。晕晕月光，玉户帘中卷不去，回忆挥之不去。

花开花落，月盈月亏，楼上独留那一抹倚栏的倩影。日升日落，那绿衣终于不在，等待顾盼终于到了尽头吗？即便是这连绵不绝的心事，如长江之水，日夜东流无歇时。静夜里，何处又传来幽幽的瑟声，可是那小楼中有女子在抚瑟？

楼中出现了另一个女子的身影。她盈盈而坐，拨弄丝弦。回荡在风中，带着一缕缕凄清。多少个阳光灿烂的白昼，她都与女伴们在溪边浣洗衣物，无拘无束，笑语盈盈。那时年少天真，怎知物是人非，只在一瞬。

青葱岁月，想那旧时一同劳作的少女如今都在何方，想那溪流对面的清秀少年是否已娶了亲，想那遥远故乡，是否红花漫山遍野。昔日芳华在眼中，逐渐冷却，抬眼只见夜空如水月光轻柔。艳红花朵，盈盈少年，已随风散去，愁绪款款而来。暗夜寂寥，春寒尚料峭。想抚一调，唱一曲；想于昏昏的灯下，安心绣一幅花好月圆，织一方锦绣无双；想携同望月，于小楼高阁，絮语连连，披一身柔和的明月光。想一个绵长的陪伴，等白日清闲，循着流水，偶遇满山的杏花，适时摘一朵捧于掌心，沾一袭花香满衣。

如花美眷，如梦飘忽，最终只化作暗夜里的单薄身影，茕茕而立。世间万般美好，可只身一人，一切又与她何干？锦瑟华年，若有人与之同度，再回首，即使是百年身，也已无憾。

十指纤纤，今夜又难入睡，只好起身寻瑟，再抚一曲《石州》。上好的瑶瑟雕工精致，幽怨的瑟声却在风中凄凉，像寻不到归宿般在空中缠绕，带着无尽的心事。

瑟声渐行渐远，佳人远去，独留小楼对月，而月自明。月照玉楼春漏促，飒飒风摇庭砌竹。瑟声已止，转眼又去。一个个深情的女子，来了又去，去了又来，带着满腔的愁绪与心事，在暗夜里燃烧，与这月下的玉楼，融为一体。

梦里一座楼，雕花满窗。楼身檐牙上，是满篇婉转的诗词歌赋，幽幽微微，尽是心事。

言笑晏晏，宛若落花拂彩衣 ◎白拂

日挂青山，春色缱绻，嫩芽叠翠，彩蝶萦绕花间。三月柳绿，半城花飞，我乘油壁香车，挽着同心结，揣了一场缓缓归的心事将春色踏遍，陌上花开仍艳。

远方歌谣柔软处，春不醉人人自醉，水溪吟唱的尽头，旖旎过一段邂逅的缘。你眉目清秀，束带当风，春雨楼头，横吹尺八，盏中泉水，鬓边杏花，烙在我眉间心上，如诗亦如画。陌上花浓，风吹来杏花香帮我打探，你是谁家正韶华的少年？

幽香晕开满怀，风在敲打湖的鼓面，石子落入静水流深的心田，漾起春澜万千。四目交缠这一刹，春风画卷三百里，都及不上你隔花望我的眼，这一眼，仿佛转瞬逾了万年。

三生石上，忘川河畔，你我应是痴缠了生生世世，才换得这场重逢抑或初见，再续前缘。你该是我在佛前叩首一万回的眉眼凝眸处，前世擦肩回眸五百次的还愿，化身石桥经风吹雨打的守望过千年。

多想与你春日同游，拂落杏花吹满头，夏日携手，十里荷塘泛兰舟，秋来相守，不踏离人心上秋，冬日看罢落雪，共饮红泥小火炉。多想同你品一味人间烟火，醉一场风月情浓。

唯愿锣鼓喧天，柳垂街前，我长发及腰，看你青丝绾正，风流纵马间将十里红妆踏遍；唯愿红衣盛妆，龙凤烛点，我含羞带怯，透过你轻轻挑起的喜帕，望你眉眼如初见；唯愿花开并蒂，喜鹊满园，护得现世安稳，守那岁月静好，你我永结同心举案齐眉；唯愿清风扰扰，细水流遍，即便兵荒马乱，纵然光阴荏苒，我依然守一场长河月圆直到沧海桑田。

多想，留住这似水韶华，同你穿梭这百年人间，你纵马长歌，我击节而和，你志贯四方，我月明倚楼，守盏寒灯将归程望长。你听，屋檐轻唱，是雨落长安，说书人将缠绕千年的情事说尽，青丝绾。

书里郎骑竹马，言笑晏晏，戏谁黄发垂髫，青梅点点，后来烟云过矣，青梅倚窗，竹马却渐远。书里他悬梁刺股，夜下把灯点，唯愿十年寒窗罢了，春风得意，踏马长安游，她布衣荆钗垂了眼，墨色研尽，灯芯挑几遍。后来她还站在小渡口，望他金榜题名洞房花烛，缘此生已断。

后来再相见，她依然言笑晏晏，拂落满山黄花映彩衣。衣不如新，人不如故，人间事，多伤感。红泪晕了罗袖，醒木一声收，说书人合扇说从头。最初的相知，最后的相弃，千载的往事，隔世的梦魇，该是最初的你我，躲不过的结局？

我就像飞蛾，你像烛火，我执着湮灭的一瞬，看见的应是那年那日，你年少风流，隔着杏花望我的眼。这一眼，我愿用一生的柔情相酬岁岁，在你流连忘返的年月里，朝朝暮暮，不诉离愁。或者这一念能换白发苍苍，你我守望至地老天荒？

或者，任岁月更迭，任史册湮了风采，你依然站在那春雨楼头，隔着漫长光阴走到我面前，轻声说你依然是昔日，那多情的少年。

问世间情为何物，相依不相负。春日游，杏花吹满头。妾本丝萝，愿托乔木，纵被无情弃，不能羞。

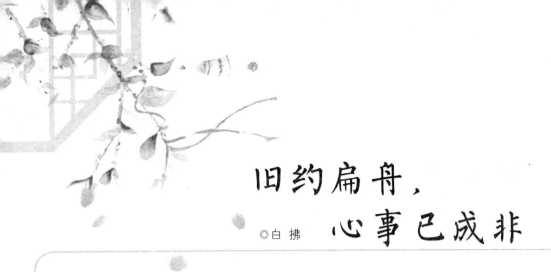

旧约扁舟，心事已成非

◎白拂

春色恰至，半城烟火半城花。

巷陌风光挽了多少春色，方织就这上元灯节的花团锦簇，开成月圆的烟火漫天挥洒，竟也学作悲欢聚散般，绽了又圆，圆了又绽。

此夜有月，云淡天清。霜色斑白双鬓，岁月予我华发，灯火阑珊中怅然回望，也曾少年意气，长歌纵马，消受那读书泼茶，红袖添香。此去经年，小女肩头咿呀，灯也朦胧，人也朦胧，叹息着谁曾一念天荒，谁又天涯相忘，后来月色微凉，长夜未央，你我都再拾不起那段蹉跎的时光。

我打马走过狂沙如雪的戈壁，穿过杏花微雨的江南回廊，流连于金陵城十里秦淮的旖旎风光。长风扰扰，岁月悠悠，待将这风景都看透，方觉你已不在那灯火阑珊处。

又逢上元，花满市，月侵衣，长灯如昼。初见，一袭烟雨，枝头露水还未凝干，花尚未开卷。遥记你冰帘半掩，秋水斜盼，琵琶声起间，轻歌如雏莺娇啼惊艳韶光，曼舞若飞絮乍落一池春水，或唯飞燕皇后轻身舞，紫宫夫人绝世歌，才敢与你相配。靠近了，方知你姿容婍婳，绝代风雅，花前一笑，绿尽芳洲。

锦色流年春风度，一岁笙歌一岁欢，遥记那时，你歌《疏影》，我吟《暗香》，你我鬓发交缠，十指相扣，吴侬软语，温润生香。

多想，撷山间最灿的微云，点染你裙摆、双颊、唇色、眸光。多想，捻佛前最静的檀香，浸透你指尖、发梢、素衣、闺房。多想朝朝暮暮，花间对酒，月上柳梢头，人约黄昏后。

忆往日，你斜抱琵琶，弦说凄凉，泪如窗外落雨滂沱，你说你是山间无人为主的红萼，是水中漂泊无依的浮萍，是俗世浪潮中随波逐流的落花，中间事，多伤感。然我一介布衣，在草泽而非庙堂，许你那一世的诺，到底是虚妄。杜鹃啼血布谷声嘶，声声诘问：为何归去，奈何归去。

世事如棋，乾坤莫测，成败似云烟聚复散，天意如狂澜争拍岸，岁月空予十年韶光，我却依然沦落天涯，酒步还踉跄。天涯那头，听说你将红豆磨成了香，听说你抱琵琶泪晕红妆，听说你将情意当成信仰，听说你在怨，怨那场情事只是红尘里的风月欢场。可天涯这头，我的思念已漫成长河大江，势不可挡。

庐州，初见的庐州，红墙绿瓦，锦绣回廊，雕梁画栋，姑娘纤足细步，精妙像你，水袖遮面，弹唱的还是旧时的曲。经年几过，故景如初，草泽的秋，虫鸣花瘦。往事如烟，如尘，随清风远去，淡了，远了，散了。君莫再提，也莫回首。莫回首，百年相思难解。

可你知道吗，你的泪在我心中，再给我多一万年，或一刻钟。你一直在我诗中，如同水仙花一般，幽谷里安然静放，散发无瑕清香。春未绿，鬓先白，人间别久不成悲。流云下，万物含章，庐州的月色，依然那么凉。我自是年少，韶华倾负。

缘聚，缘散，皆是前世注定，命里因果。我这个被时光遗漏的落拓文人，写了一生的诗，念了一世的情，却再也等不回一个你。而今暮年，老来多健忘，唯不忘相思。

上元灯节，陌上游人如织，我拖着陈年老步，缓缓而归，少年情事，老来竟觉极悲。朦胧中回首，似与卿蓦然相逢，不知是否一梦中。那年，再相见，我两鬓斑白，卿十八。

疏影朦胧，
不过南柯一梦

◎楚子弃

在光阴朦胧里，与你不期而遇，潋滟江波，客船舟楫，从此深藏心底，久久不去。

江南一别，绝了音信，秦淮河畔的垂柳依旧青郁；剪了西烛，掩了窗扉，任一阶秋雨到天明；折了桃花，湿了睫羽，苦等离人执墨笔。风化了尘香尽，云遮了影踪迹，猜不透轴画里敛眉的芳卿。尝尽缘中苦，不改初心，这执拗的痴人漂泊在江河湖域，莫问刀光剑影，不管生死长情，只愿相守相依。

碧溪中，谁羞了鱼，羡煞同行的浣纱女；马嵬坡下，梨花落尽，至死不渝，谁来舞那旷世的霓裳羽衣；疏梅雪霁，初晴几许，谁在红炉上置着一壶未沏的香茗。谁流连在历史里那些美丽的场景里，伤了心绪，吹奏着忘忧曲。

春日里在檐阶下埋上新酿的酒，怀着期盼的心情，等待有缘人共饮；秋桦灵菱，荒了院落，破了约定，当初执着守候的人儿啊，去了哪里。青烟袅袅，楼台烟雨，不知道是否还有人在天地间演绎着跌宕的剧情；松涛竹林，白衣娟秀，萤火虫鸣，弹不断无弦琴；往生镜，不胜寒，高台深处无婵娟；黄泉路，冤魂怨，曼珠沙华指九天。

哽咽孤泣的箫声回荡在高墙内外，遮天的树木密不透风；高墙外，紧锁的门环锈迹斑斑，似乎在抗议着究竟是谁束缚了它百年的光阴；墙内山池花树，好不热闹。画堂的深处，伊人寸断了时光……

暖昼时分，研了墨，染成春，锦屏上绣着未归的离人；窗外海棠深深，艳绝了庭院，羞煞了愁人；沏好的香茗，冷到了三更；费尽半生思恋，换得一世凄冷……

以裙摆处的流苏作笔，曼舞天地。一笔镌刻万物，二笔执画江山，三笔书断红尘。高墙外，无论高唐契誓，不管陌路花败，这为牢的天地，禁锢着遥远的情怀……

昔日，君鲜衣怒马，卿绝代风华，连枝相交结，可怜天上月。晴阳春日，折花系君袖，君眉良笑开。君赠簪珠花，黯然失春彩；泛游相思湖，芙蓉娇姿态。君比云中仙，妾为心中怀；习习凉风起，为君绣寒衣。昔日少年郎，今为风流子。煮茶饮乳沫，雪置红炉旁。红梅卧天地，妩媚着红妆。今时妾依在，寂寞守空房。月明星华稀，帷落四面窗……

一弯残月晓如钩，说不尽心上事，剪不断离别愁，红尘外，知是谁秋。料是相思寄陌柳，云中歌，寂寞秋。执手屏画，海棠依旧。晴丝月雨，疏影朦胧。娇花相结，嗅醉红楼，梦里恍若少年时，青衣墨袖。

绣楼的风铃在轻灵作响，枯败的落叶散落在池旁，断续的箫声依旧在回荡，这孤人的天地又该遗落何方。庭院深深画堂春，伊人百年孤芳魂。

斑驳的城墙旧了绿，绝艳的妖花惑十里，云霄外，吟唱着梵世音。那轮回中的人儿啊，你可知，在光阴的朦胧里，我正恋着这别样的风景……

听花未曾语

◎雨 泪

城西粉墙边，一树梧桐里，寒蝉犹叫得凄切。风中好似凝了一整个秋天的冷霜，吹得老树不断地颤抖，吹得残叶纷扬，落在墙里墙外，落下满地的冷清。轻触风痕，却被回忆割伤了手指。

你随军出征已有些年岁了，院里梨花香影已满袖，枝上似雪犹见今与昔，我又想起从前的日子。那时花开，你尚是个文弱的书生，素白衣着，在铺了满桌的芬芳宣纸中，拥着我教我写字。阳春三月，你会兴致勃勃如孩童一般牵着我的手，从江南岸堤走过，然后在风中洒下轻快的诗篇，镌刻着一段花季的温度。

可命运是怎样运转的，没有人知道，光阴踏过千山万水，却带不回你的音容。朝代的穹顶下涌动着太多的离殇，我却心疼你。那双抚惯了笔砚案台的手却用来杀敌，那双看遍了杨柳春风的眼，却要装下一整个阳关的肃杀。

庭院深深，深得看不见花开花落曾几时，亦让记忆中的墨香愈发黯淡。如今只有满目昏黄里，被旧俗陈规雕琢好的旧阁陈亭，依旧与我一同，在年年岁岁的风雨中，被洗得色彩斑驳，在无人问津中，被放逐在梦与现实的彼岸，逐渐老去。

但我不想老去，在一缕冷香中望着远方的断虹霁雨，我依旧笑意浅浅。心里永远不曾老去的渡口边，依旧一袭青衣，摇曳出开了半生的眷念与痴恋。眉如峰，腕如玉，梨花满衫，环佩叮当。院外断肠人箫音嘶哑，在叹天涯，院内伊人长袖舞尘寰，在舞相思。可我裙角飞扬纷然似蝶的热烈舞姿，又怎么快得过时光的脚步？冷院深宫，我守着一场从旧时光里扬起的梨花雨，不知疲倦地含笑翩跹，仿佛还在等你的马蹄声把浮华踏散，等你从暮色深处，望断叠叠千层魂梦，念与我再续风月，共饮青门。

蜂兮蛾兮，随风入画。寂寂庭院里，我却不知，那一场花开蝶舞的美好，早被无心的岁月葬在了多情的等待里，无声地荒芜成了一叶朽败的梧桐，只剩寥寥叹息静静萦绕，辜负了一折春意。

终于我倦了，趴在梨树下沉沉睡去，花雨淋了满身。再次醒来时，眼角泪痕依稀。独上高楼，玉勒雕鞍游冶处，来来回回，抚着泛白的栏杆，任眼里的幽怨云卷云舒。

风雨凄凄，帘幕无重数，堤岸杨柳堆烟，朦胧了视线。忘了让视线朦胧的到底是天地间飘摇的层叠雨幕，还是从心中溢到眼里浩荡的澎湃烟雨，只记得那一天，眼前再没了殷红的烟霞，那场梨花雨也被打散在凄风深处，再无力找回哪怕一瓣曾经的白蕊。甚至你的容颜，都已模糊不清。袖落，裳冷，肠断。楼高不见章台路。

又是一年，三月暮，留恋处，雨横风狂，落英缤纷铺了满地，无计留春住。如我的容颜，在岁月这场不停歇的骤雨中，终于迟暮。凄风缕缕，长天渐染，重门半掩，掩不住黄昏，掩不住随流水东逝的滔滔年华。

光影错杂的时代，何时为流散在各处天涯下的离人游子们撑起一把青伞？

浮光幽暗的夜里，花的幽幽呢喃在虫鸣深处飘摇。暗香里，可知那残花，饮了多少凄泪？

春光奏响的华章已散尽，袅袅余音里，乱红恸到不语，只把女子的悲戚掩在经络里，随春飞过秋千去，在风中叹一语——

红颜，易老，泪阑干。

繁花掩了江南岸，柳絮纷飞又一年。绝胜春色开始肆无忌惮地蔓延，恍惚中岁月还是解不开的纠缠。

我在这和风中登上高楼，看时光惹了桃花，红了枝丫，俊逸风雅的少年手执诗书长卷，展开时仍是累世的风华，女子巧笑嫣然，美目流转，顾盼生烟。独留我一人，悄然中老了容颜，花白了两鬓边。我才知原来舞乐笙歌早已付诸谈笑间，无你后再无悲欢，只有梦里才能随良辰美景入眠。

那时你抬手折一枝花，我浅笑斟一杯酒，灯影里是一场又一场沦陷的温柔。等走过四季，踏遍春秋，还有人在纸醉金迷里默默守候。你说我一提笔，一挥袖，落下的铁画银钩，是为在转身后成全少年的一世白衣王侯。谁知就着我的笑意，此生尽入你眼眸。

酒一杯又一杯，边喝边倾洒，你丢盔弃甲，泪染梨花。我曾许下花前月下，缘定三生，白首不离的誓言，你笑着笑着就哭红了双眼，说怕有一日会再也不见。那夜城中烟火璀璨，片刻定格成永远，自此后每一日都仿佛是永别，你对我深情又决绝。

千重相思千重醉，寸心埋进一生泪。夜残更深，忽有笙歌余音。原来终归是要离开，却平白给了所有的期许占尽你的爱。我以为故事的结局是清风徐来，陌上花开。到最后竟是找不到过去，寻不回未来。

从此燕子来时衔着春泥，成双人对，携儿带女，我不见你；并蒂莲开，风中摇曳，盛了又败，我不见你；秋雨梧桐，泣血声声，泪如烟波几万重，我不见你；雪纷纷下，掩尽梅花，葬了千层塔，我还是不见你。

前尘旧梦，转身成空。不知说好了忘记，到最后能还是不能。不去刻意想，避免着相逢。却发现你早已把爱埋入酒中，我饮下的是如鲠在喉的温柔与疼痛。

人非木石皆有情，年少时的我们都不懂。流年落花，等到看尽时才发现残留的是蒹葭。草色烟光，楼上我一人独倚，凭栏望去，暮色像是那年笔底氤氲的水墨，蘸着满怀愁绪，悄无声息铺天盖地浸染开来。带着昨日美眷，亭台楼阁。

恍惚中酒香四溢，你的衣袖擦过我的脸颊。一瞬之后，泪如雨下。一壶浊酒饮尽，以为是难得的一场糊涂。谁知它就着往事，带来过往所有的美好。你给过我一场最难以忘怀的热情相拥和最与世无争的安逸，我还你了一生的牵挂与心里再无归宿的颠沛流离。

至此山重水复，一别两地，我们再独倚栏杆低眉不语时，世间除了彼此竟无人知晓其中心意。原来我的一场酩酊大醉，无异于你一生的痴心不悔，只有自己心中了然，究竟谁为谁。

胭脂香，美人裳，词曲尽，名断肠。桃花落，雨芬芳，你我，皆非旧模样。

谁又会知道，多年以后，没有你的我心里是如此空空荡荡。对酒当歌，却发现离了你，酒色清冷，再无半分当时入口的浓烈与香甜。

衣袍已宽，人渐憔悴。有人笑问：人世生死爱恨，不过孽缘几分，皆劳神伤身，先生可悔？

我闭上眼就察觉了滚烫的热泪，从那年你的眼中穿过漫漫时光，尘世苍凉，一路流进我心里。系我一生心，负你千行泪。原来此生为伊，最是不悔。可是难忘的却再也找不回。

◎沈倾夏

系我一生心，为伊终不悔

山长水阔

知何处

◎魏不厄

陌上草色离离，枝上花影斑驳。细雨如烟，春愁黯黯，一如春草绵延。空倚楼台，飞云过尽，孤鸿无信。遥望旧年，谁人笙歌依旧？谁人笑颜依旧？

我于岁月的间隙里，踏着光阴的尘埃，在月白风清里描绘一段微凉心事。是那春日的风太过和煦，才使我迷离了眼眸？与你相识于春日陌上，杏花吹满头，年少足风流。你低眉浅笑，温柔敦厚，是说不尽的缱绻情长。于是那一瞬间，恍若人间芳菲灼然怒放，夭夭烈烈，动人心魄。

我曾以为是东君恩赐，让这一场年少情事如同莲花一般清辉雅正，让我与这一片风光霁月相留醉，不曾想时间迁徙，沧海桑田。那些温言笑语皆成云烟。深一眼，浅一眼，都是我的眷恋。

你是天上的流云，飘荡不定，你是天涯浪子，从不为任何人停留。芳草十步，风吹春雨，落花无处，小池中水草招摇，荡漾起一圈一圈青碧的涟漪。此时春光如此美好，你又到了哪里？是酒酣之后，歌尽桃花？是深醉之后，舞低杨柳？还是言笑晏晏，遍观风月？都不得而知。游遍芳丛的你，在高头大马之上，眉眼含笑，衣袂飘摇，竟不知道春就要归去吗？

寒食之日，百草千红，争奇斗艳。街南春树花如雪，纷纷扬扬落下，沾湿春衣，暗香盈袖。寻寻觅觅，百折千回，一片深心向谁付？东风暗换流年，回望处，你的香车到了何方？

我独倚楼台，等了一年又一年，春风复还来，雪又漫了眉边，终不见有人归来。泪眼涔涔，千言万语终是无从谈起。江水漓漓，我白衣赤足渡江而去，水底青草碧绿，与我衣衫纠缠，仿佛听到有人轻声饮泣。往日的记忆呼啸而来，有人曾一曲清歌入青云，沉醉悲欢起此时。

遥听飞花，细闻落雪，暗想你走过颠沛流离的岁月，曾驻足听北雁南飞的呜咽，也曾看过荼蘼开尽的湮灭。韶华已失，故人已故，原来最是人间留不住，朱颜辞镜花辞树。你叹息了，尘世迷离，难觅去路，故人已故。

我只好不顾青衣，不盼白发，独自一人垂垂老去。流年半镜里也只剩一片唏嘘，原来，终是错过了。

棠花开了一年又一年，而我却不再以守望的姿态遥望。半卷帘下双飞燕，曾和你相逢过吗？我知道再也等不到你回头，所以宁可残阳负我，芳草负我，官柳负我，东风负我，宁愿世人负我，却唯独不愿你负我。只怕梨花欲谢恐难禁，所以宁可柳外楼高空断魂，雨打梨花深闭门。

谁曾说过青山踏尽，斜阳过遍，不如春风十里，桃花无数？谁曾说过三生杜牧，尊前风流，不如乘舟而去，月明星稀？谁曾说过烟水迷离，尘世迁徙，不如暂停征尘，浅醉闲眠？

那些最美的话语，如今都成了湮灭的尘埃，弥散在时间里。春风无可去，春愁乱如絮，午梦千山，寻遍，踪迹难觅。再也找不到你的踪迹，再也觅不到你的音信，就这样，分散在了时光里。

你尚欠我一句，山长水阔，不必相逢。

于是只用了一生等待。

庭轩寂寞，时节过后。陌上草色青，街头卖花声。风乍暖还轻冷，问旧日双飞燕，明日陌上，同他相逢否？

且唤流年莫去，留我花间住。举却芳尊，祝告东风，暂请留步。不要像飞鸟一样，转眼间不知飞向何方，只余下我这个送别的人，空对青山，任随流水。此后朝朝暮暮，辜负枕前云雨，尊前花月。

此番归去，不道日即暮。物是人非，花开花落，暗许清风，对饮明月。醉眼蒙眬里又见你白衣逦迤，踏月而来。笑意浅浅，说不尽的温柔和煦，道不完的缱绻情长。曾记否？携手同游洛城东，芳菲依旧，情怀难久。而今目送芳尘去，终不似，少年游。道枝上桃花曾折否？而今春草碧波，却说伤如之何？

人间事更替，东风忙归去，何苦太匆匆。绿草初生，芳菲醉人，昔年与你踏尽长歌，遍看风月，陌上草离离。而今梨花谢了一年又一年，却始终不见你归来。

山遥路远，长路漫漫，你到底不会再来。我用守望之姿，看那迢迢前路，情浓意深，明明景色明净，碧野桃花，我却怯那燕去无情，更害怕有一日，连等的人都忘却，只空留着守望的姿态，看春樱夏雪，秋云冬月，任岁月浩浩而过。

花是粉黛，鸟是笙歌，只是美景如此，却不得见你。曾携手，游遍芳丛，今日凭栏四望，无人相顾。人间软红千丈，走过也只是半镜流年，如梦如烟，枝上花开又十年，莫怪怜它，枝上依然是落花。韶光不见分成尘，只见岁月流逝，你宛如飞鸿，音信全无。我穿花拂柳，寻寻觅觅，却只见烟水茫茫斜照里，故人已去无觅处。

醉里花常好，人间事难全。身世如烟，浮生如寄。我也曾杏花疏影里，吹笛到天明。我也曾孤灯未灭时，立尽梧桐影。恍惚间忆起，你笑说人间东风以白梅相寄，此刻若寻得一枝梅花，便抵春风千树。你不爱那姹紫嫣红，芳郊绿遍，也不爱那归来时，百紫千红花正乱，你把那陈年旧迹，研磨成半朵青莲，以此作结篇。

同心一人去，独坐长安空。自君去后，相思寸结，寒暑不知，炎凉莫辨。

留不住，醉解兰舟去。风吹柳花，离情如水，走的人应当痛饮，不走的人也应尽杯。我在那十里长亭外饮了一杯千日醉，以为一醉解千愁，可风吹酒醒，抬眼四望，天地之大，却不知何处是归途。

长亭复短亭，何处是归鸿。我曾以为我是归鸿，茫茫大雪中不知飞向何方。直到你离开，我只好用这一双眼望一望无尽青山，无边岁月。

自君去后，天地无声。满目萧索，万事堪悲。京华烟云从眼前纷纷而过，念身世，何苦到此成游宦？前路也断，烟水茫茫，再也行不到水穷处，亦望不见云起。

一个人在尘世中涉江而去，江中有芙蓉，有女子低声唱道，涉江采芙蓉，兰泽多芳草。清淡悠远，不辨悲欢。我终究不是同心人，即便忧伤，无以终老。长路浩浩，一个人还要走下去，或许明朝春水再绿之时，可谈笑过往，佐饮风月，笑看这世事无常，冷眼这年华凋零。

独饮独卧，独醉独眠，独酬独唱，春华自落，何处归鸿？

到底来日归时，无人携手。

碧水长天泛孤舟

◎宁不情

倾听徐风吟唱，碎落静谧孤夜，携一缕思念，借一点醉意，捻笔蘸砚台，轻揉着夜色深浅，把心事写进流云之中，或是一阕宋词，一曲箫音，无不涟漪青涩年华。几番梦回，暗香凝情，满目春愁沾乱绪，撷一片绿叶作杯盏，斟满胆量与风险，饮下这一世奢望。

他躲在城墙深处，细数满帘落花，瑟瑟的叹息，潺潺的相思，渐渐妩媚了胭脂妖冶的芳华。听，是谁在红尘中，轻轻弹奏一曲弦音，沉醉在烟雨约定轮回的尘世中，他揣着记忆望眼欲穿，只盼伊人可相逢，与她共奏一曲高山流水。

月上柳梢，烟花倚栏，伴随着琴声流转的歌谣，渐次吹醒了匍匐千年的树枝，她拢着一肩花香，缓步走过滚滚红尘，向他而来。绕指的情愫，一生的眷恋，一段藏在青衣水袖中凄美幽冷的恋情，终于在琴瑟和鸣中，馈赠了一场岁月的留恋。

芳草巷外的月光自高墙上淡淡斜照进来，仿若温柔的面纱，铅华洗尽，染上天蓝水碧的颜色，使人恍然失神。拨开回忆，千年前冰封的城墙，似是氤氲上墨池的馨香，曲音在朦胧中无声蔓延，小心地掬一泓流水，听一把清风，任时光悄悄在花笺中染成斑白。

两眸相遇，跨越千年轮回，这样沉醉的夜晚，她眼中映着粼粼的泪光，他仍是最美的情郎，白衣策马，面如冠玉，眼前幻影飘飞，他只看她三千青丝，袅袅而立，一眉好水，冷月映蒹葭。

缱绻相视，风容尽现，却是咫尺天涯。

她静默立于彼岸，双手交错，蹙起的眉目中，犹见那抹浓厚的不舍，和揉入心底的痴狂。想要开口轻唤，又怕被人听见，想要一诉离愁，却只能拔下玉钗在回阑轻叩。回廊九曲，心思九曲；玉钗恩重，你我心知。万语千言，只得如此，化作颊上红潮、钗头脆响、眉眼无声。

千帆过尽的欢喜，瞬间灼伤他原本噙满泪水的双眼，画卷染红森严皇宫，一弯瘦月，一窗冷风，低唱蒹葭苍苍，白露为霜，千年等待，换来梦一场。

落花铺成水岸，踩着细碎感伤，守望缥缈期盼，飞花冷却，人间几度离别。

一任筝弦，轻拢慢捻，于是滑落一抹滴翠的执念，终于，两人诀别。隔一程山水，相忘于光阴的两岸，终是落花成冢，折戟沉沙。

宫闱相别，独留一剪相思忆。

柔情翦翦，心韵悠悠，风雨打湿了江岸，离人踏上了渡船，他的岁月不过于这般尘世里，缓缓消磨。经年之后，天涯间的两两相惜成了一场落花与流水的相遇，荒芜的时光里，他却依旧守着幻想中的世界将一曲离殇唱到断肠，那挥之不去的忧郁，消瘦了双肩，也惨淡了恍如隔世的爱恋。

繁花似锦，云烟散尽，他依然站在那里，有一种痛隐藏在内心深处，跌碎的誓言渲染了一段哀鸣的风华，这一世，终是无缘。

各自怀念，各自哭泣，自此，两厢情伤。终一世过眼云烟成沧海，梦里陌上待花开。

暮色渐凉，轻拢出美人眉间的霞光，蛾眉淡扫，眼波微漾，风情万种只因侬一笑。且拈花叶入卷，悠悠清香绕，曲水流觞，诗词歌赋叹人老。

曾记如花流年，铃音脆响，和风翩翩舞，他在青石案上泼墨挥毫，拈一段日光绘作倾城貌。青竹摇晃，又闻琴曲惆怅，疑是知音来，回眸展笑，檐下人儿貌无双，脸若白莲，唇角微挑，似碧波间晕开了一道道旖旎的水浪，怪道美景羞，伊人天资，素裳带过梨花香。

携美同往，赏秋日南塘，轻舟游荡，误入蒹葭苍苍。桨影摇晃，指间轻点绿波，她含笑望来，眸中锦绣，似揽了天际皓月，夜幕繁星，亦似藏了山川丽色。清风云影，时光不禁凝滞，情意却忽地绵长，他的呼吸随着她羽睫扑闪的韵律而起伏，蜻蜓飞掠，心潮徜徉。

夜漫漫，他沐着剔透的月光辗转难眠，长梦如歌，恍惚中便瞧见她从婀娜苍翠的杨柳下走来，白玉雕成她的笑颜，溪风涤荡她的眉眼，她稍稍垂脸，细白的指拂过散碎的发，目光落处好似有星光潋滟。他自梦里看着她，姿态静默入画，自此情愫缠心，心生朱砂，一梦便入相思局。

后来却道红笺纸薄，孤扇话凄凉，那日古桥天远，罗裳轻旋似作冷冷哀响，他如约而至，踏落一地枯黄。清贵花容冷清貌，朱唇微启道无常，原是相逢岁晚，佳偶已成，唯留他青石板上泪几行。呜咽暗起，随风越过潺潺流水，他满腔酸楚，抖不出只言片语，放不下入骨爱恋。他揽月入怀，摘星入眼，碎裂一地悲苦泪，若此情为酒，点滴俱是哀伤。

何处的笙歌，与夜绽放，轻罗小扇扑流萤，而今则是，物毁流萤飞，泪作乱红漫云霞，模糊了她绝美的容颜，氤氲了她端丽的眉眼。轻念相知又相忘，凄凄复凄凉，岁月究竟苍老了谁的心事，隔断了谁的情缘。帷幔落，何不入梦相会，那人冰肌玉骨，殊貌天赐，携琴浅笑，自此心心念念。

庭中莲影孤单，落叶纷扬散入水中，只见涟漪微皱，他恍惚中又想起，彼时流觞曲水，谈笑言欢。他拾阶而下，终是意难平，这一世他与那人无缘，可余生漫漫，他那颗心又将会醉在何处？世事多无常，西江湖畔影双双，他转头遥望，却是偶见新人笑。

不由怔愣。那笑初时清浅，若夜里梨花悄绽，又若枝头嫩芽，带着舒心的色彩。随着笑窝一点点地加深，她眸中的光亮也愈发灼眼，他是第一次见到这般目光，不似美人目里荡漾的秋波，不蕴顾盼回眸间勾起的无边妩媚，她的眼里盛着光彩，若旭日初升时的朦胧光晕，流动着动人心魄的璀璨。应是察觉到他的凝目，她向他缓步走来，脸上笼着朦胧月光，容色并不绝艳，但那一笑间，倒叫他再也挪不开眼。

有彼一人，两情相悦，于是，和煦的天，莺飞草长，双莲并蒂。这苍茫红尘里，他总算找到了自己的归处，愿能执手共久长。

醉惹月光情

◎纳兰昀汐

一世安平愿，相思一双人

◎阿凝

末时之秋，枯竭叶落，南归亭旁，汝琴声悠扬，吾歌台梵唱，日暮欹山，羁鸟归林。丝篁声声缭绕，渐渐消殒。二者脉脉相望，却无丝语。

世间知己多分离，难有相思又相亲。一生难得一知己，又怎谈一生一代一双人。

寂夜忽梦，与尔相对。清皎月光，清薄月色入户，激起相思泪。

夜尽，悄望镜中人，竟泪眼滂沱，红唇念旧人，知己难忘，更易之律谁人谙？静夜离书与君。明日便是吾红妆之日，请盼汝莫哀伤，晓人生易改，情愫难换。只怨流光缱绻，盛情难断。

怀念起昨日，二人于南归亭内，论人生，言世事，品琴画，吾不忍诉说离别，而汝那时未晓要离别。末时，分离之时，未告君离别之意，谁知心底离言伤了旁侧花香，觉其枯萎。默叹人生几何，世事难谋，多少旧人分离。

曾言誓，吾若不嫁，汝便不娶，可明日是吾嫁，而汝未娶，相思相望不相亲，伤得两处人销魂，而天又为谁春？曾叹，脉脉烟雨，浇了谁家红尘，尘世悾惚，有情却无缘，卷帘入梦。一番梦中别离，几重岁月，回眸又情何以堪。夜听雨落花，叹人生浮沉。若是离别，便是永恒，若君知晓，请君莫为吾琴奏，唯恐琴声使得花桥泪满裳。意中人难却，只怨旧俗难移，世间纷扰，离书难托。

寻时，汝命人捎信于我，信中有汝断发些许，琴断，字字诀别。是时情终。此后，无汝音讯。

异日，山中一木一石，枝叶树影斑驳，恰似从前念你之思，间或凭轩，又或凝望。熟知从前知己必相离，且为自然之道。相思似棘，曾经红颜，今只剩一人踽踽独行。

经年过境，相思依旧。如若你不舍之情，我不忘之思，叹梦若浮生。月随人醉，云遮半影，啸歌翻辗月宫，哭酒觞入梦，别离，殇了知己心。如似嫦娥随月，药成碧海头不回，亦恰如昔年之汝，而今汝眼眉偶然。光阴又来年，鬓发渐染。更夜，霜渐满扉台，泪眼不眠。时常是孤夜，孤人，孤泣，孤影，亦孤心。或想问，此时汝琴技退否，心归何处？无奈无法觅询。

过几年，听闻一将军，落驻于城中。城中老少皆欢，念此将为民而生。吾知将军是汝，心中暗喜，不悔年少曾有你，而我，早已红颜姿容已尽。

又次年，春光满满，春风融融，城草烟景。城外喜乐繁繁，振鼓频频，轿中窈窕可见。将军轩上而立，缘由将军成姻。饮酒祝歌，夕阳向晚，夜梦相访饮牛津。往昔琴声悠扬，现汝已绝弦，成了过客归人。泯然一笑，旧日之情，杯酒释怀终了。

虽知己情至，仍晓君安平为民，吾更不忘一生知己。行人估客熙攘，迟迟缓缓，城中生机盎然，言笑盈盈。

当春时，杨柳覆新芽，莫时满枝丫。当夏临，清荷婷立，蝉声四起。当秋至，黄叶翩跹，彼此颉颃。当冬行，万物枯竭，积蓄来年。念此，惊觉你我音讯杳然多年。伫立于南归亭中，微风抚鬓，吾执手覆遮，却悄从指缝侵袭面庞，时隐时见当初你我。

如今无怨，但愿汝一生安平，不忘曾有知己，曾相思一双人。

六朝金粉，
画你风流一笑

◎苏楚慕

秦淮河畔的那一抹胭脂色，我于千百年前曾见过，隔了三江明月，是命运唇畔一抹浅浅的笑意，在天光水面离合处幻化出叠影千重。

满山轻红醉洛川，登临远望，冥冥空寂，便能忆起往昔悲恨相续。秣陵烟雨分明是想清瘦你的模样，却怎么也掩不住你粉黛钗光的细腻。

建业留不住花落满地，建邺城青丝换霜雨。

所有的往昔终究会随尘埃一并掩埋进厚重的史册里，所有的未来也都会随时间一起化为尘埃。

遥想龙盘虎踞名震一时的猛将，投鞭断流是谁想指名为建康。秦淮河泊的画舫，见证了戈戟云横相继亡。

淝水一战，前秦苻坚以为将那般温婉秀气的你收入囊中该是手到擒来的事，却不想九十万雄兵铁骑竟输给了八万风声鹤唳。

金戈铁马，兵临城下。箫声漫过江上渔火寒陵，假凤虚鸾如何配你的水墨舟行。当大漠的滚滚黄沙染红了江南连天的烽火狼烟，所有乱世枭雄等待的一统天下的王气，世人无知的争夺最终都化作小绣湖上倒挂的衰柳枯杨。

故国晚秋，酒旗斜矗，细雨江南，古镇沉香。繁华往昔朝代更替，旧事随流水而去。可就算这样的你，也让天下沉溺。

宋齐梁陈时光下的石桥细雨，王谢邻里朱门后的芳草凝绿，丹青笔挥毫写意和着风雨慢慢酝酿成一场泼墨山河的尊贵，云端高阳，只手翻云覆雨，终究成就了一场君临天下的醉意。

六朝金粉地，金陵帝王州。

历史将所有的繁华都赋在这一座城，一条河。几千年的兴衰荣辱，城池几度易主，秦淮河水依旧东流。

十里秦淮夜，一水隔两岸，隔断了烟花风月场与寒窗苦读地。

桨声灯影里奏过玉律横笛，鸳鸯连理；写过素白尺素，与卿别离；贴过对镜花黄，勾勒眉宇。

斑驳的古城墙下，曾经站过久盼君不回的伊人，西风萧瑟意，何处梦君还。从此无心爱良夜，任他明月下西楼。

历史的卷轴里一脉春水泱泱向东去，淌过朱雀桥提，漫过江山迢递。谁家少年陌上风流，骑马倚斜桥，满楼红袖招。

这世道，萧瑟为白，葳蕤为墨，繁华或萧瑟一起染成油纸伞上的巷陌风光，成了一幅淋墨山河的尊贵，一画留长。

细数开来，多少英雄辜负了你的美意，多少才子猜不透你千年纸伞下的谜题，多少墨客提笔写你的寒烟衰草漫过酒旗，多少佳人与你一起离去。

而千百年后的今天，我独自提着走马宫灯站在乌衣巷口，想象你当年身着金缕衣，眼中还有脂粉的艳丽。

时过境迁不见故人来，六朝烟水还如当年在。今时今日，我还倚在金陵河畔听《后庭》遗曲，触摸千年之前的鲜活画面。

一页一夜，一画一话。仿佛走马灯般兀自旋转的千年时光，又有谁能够轻易读懂，那落拓南国的温润蹁跹。

历史如尘埃般散落，挽起长发，让我再品一口清茶，与你相遇。最终叹一句这六朝金粉，终不抵你风流一笑。

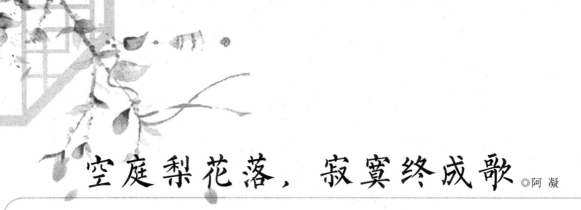

空庭梨花落，寂寞终成歌 ◎阿凝

半卷诗书，寂寂史册，就着绵密无声的尘埃在千年的时光里就那么一躺，再不记将来，不念过往，以最安静的姿态沉睡着，任人端详。

慵懒的日头冲它眨了眨眼悄悄跳下了纱窗，月光忽觉一室寂寥，转了个圈儿就满了屋角檐梢。那君王的宏图霸业，在折戟沉沙间云散烟消。

你就这样泪流满面地醒来，在三月微醺的梨花风里缄默，等待。用长久的沉淀酝酿，蘸着人间墨色，尘世苍凉，无言地诉说着那故事里的一段怅惘。

汉有长乐未央，与生俱来都是温暖明亮，广袖长舒，九曲回廊，亦是世间无数女子的向往。他要做他的千古帝王，故用金屋藏娇把她的年华埋葬。笙歌尽头，烟雨微茫，当初谁都没有想到，那轻许下的天地浩大、一世繁华，竟要付出如此惨痛的代价。昔日誓言，转瞬成空。她方知这锦绣江山，巍巍宫廷是梦亦是笼，织梦成笼，慢慢融入血脉之中，锁住自己和别人，再也无法挣脱的一生。

春花碧草，鸟鸣声声，岁月更迭终会逼着人走出年少无知的懵懂。十里红妆曾黯淡了长安城，言笑晏晏间恩怨却又多了几层。原来从一开始，他和她之间隔的就是水复山重。那些曾一伸手就能碰到的胭脂花红，是瑶华深处的一场空等。

她以为他是她可停靠的岸，殊不知他最想要的是江山，那一幅旖旎画卷，载了弱水三千。有女子耳边呢喃，语温声软，轻易就红了她的眼。

星河山月，红尘万丈，他都要用她来换。不能割舍的重，又是相较而言微不足道的轻。长门为牢，还君江山。她此后在这里把大汉的每一个长夜望穿，夏荷雨声，秋水梧桐，无人再等。

空庭春晚，梨花落尽，那里，是锁住她的长门，再也化不开的爱与恨。可是她不知道，他明明江山已到手，愈演愈烈的，是那钝钝的痛和伤悲。史册无言却是落笔太狠，就这样让彼此，永远地失去一个人。

时光成灰，梨花开了千年又是一场醉。庭院春深，咫尺画堂，帘后的女子心事浓得仿佛时光都静止在她身上，恍惚中有人问：你在等谁。

女子怔怔望着入目的梨花，轻启朱唇，似用尽一生的力气，道出那样的字句。

她从未连名带姓地念他的名字，可她只有以如此的方式才能让思念反复在唇齿间游弋，直到心中，否则，她怕时光模糊了他的身影，他的笑容。以后那么漫长的岁月，她要如何爱他，爱到梨花尽，江山穷，年复一年春水生，春林盛。

他用此生不复相见，换来护佑她一生平安。他有他的金戈铁马，可刚强之下亦有柔肠，百转千回，她好好活着就是他最大的愿望。那些慈悲隐忍，爱而不得，让她甘愿于此困囿一生，不盼，不怨，只留给自己比岁月还长的怀念。

何须飘洒湿芳心，粉面琳琅如泪注。

你看春风过了，梨花也落尽了，她还唱着那首未完的歌。千山暮雪，万里层云，宫门相隔，只影漂泊。在锦年里藏进一生的思念和眼泪，四散，纷飞。

从汉到清，起起落落几番相逢，故事在沉睡中醒，在风雨里惊。恍恍惚惚，迷迷蒙蒙，爱恨从来不曾停。每一个黄昏日落，每一个黎明初升，春去秋来梨花又落了几层。有人还在等，明知不可等地等。

等时光蹉跎，山河落寞。等交颈鸳鸯，不诉离殇。等燕子回时满旧堂，故人往事俏模样。可悠悠岁月，寂寂而过，终成悲歌。

独留你用一场永久的沉默来记得，春夜雨潺潺，梨花似雪染白了流年。冷清祭奠，那隔世风光里鲜衣怒马的少年。

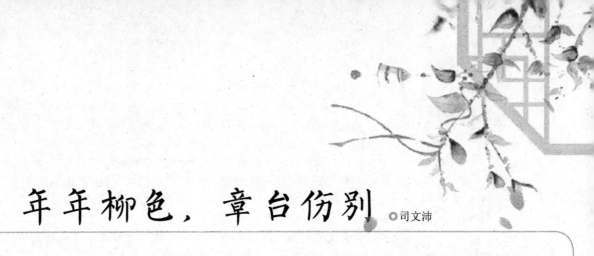

年年柳色，章台伤别

◎司文沛

月如银钩，月依朱楼，月小似眉弯，月上柳梢头。卿可见，月色如雪，月凉似水，催我上高楼，独立风满袖。月下独卧，一壶酒，一场梦，一段情，让旖旎的花事伴着容颜在季节里开落，年年岁岁，月如初，任他下西楼。

白驹过隙，光阴催白了谁的头，与卿别后，岁月长，衣衫薄，思念远比夜色浓，秋来悲鸿，点滴更漏，一声声，催得人比黄花瘦。人生漫漫如是，直道是须前行，莫回首，莫论往事见血封喉。

十载落拓，我打马江南过，又邂逅章台的柳。春风依旧拂动着，那样软，那般柔，似你曾抚琴的手。宛转的流目，旧景浮现如初，如何不忆你似水温柔？

我举杯，遥向屋檐细雨，祭奠初见时节。遥记彼年宴饮，觥筹交错，金声玉应，你歌舞云袖，明眸剪水，我诗文万阕，流光溢彩，四目相对时，这一眼，烙在谁眉上心间，恍惚已逾万年。你信前世今生的因果吗？我信。前世，我遇你在三生石畔，忘川河边，你是我以曼珠沙华的汁，烙于心上的眼。

彼时与卿携手，花开成海，春风成诗，望月对酒，虫鸣花瘦，恨只恨此生短，欢笑长，岁月予你我的相依都不够，还不够。卿眉眼盈盈，是三月桃花水，舞袖低昂，织就旖旎幻梦。卿常言，故人心意变，卿言蒲苇韧如丝，常恐我不若磐石，心念移转。

而今，我还站在旧时彼岸，却再触不到卿当年眉眼。始知，最难敌者，非人心，非流年，乃是冬来霜雪，世事由来残酷。情如雪似烟，似春日乍酸乍甜的野果，怎敌他，烽烟起，家国乱，红颜散。乱世流年，疾风未歇，铁蹄踏过城阙，风云改烟月寂，变幻帝王旗。繁华落幕，断井颓垣，你我皆禁不住这场离散。时光荏苒，岁月里徒留谁把酒怅叹，叹息着谁把光阴分作两重，一处秋月，两地西风。

十载流离，风尘满布，华发生雪。有生之年，幸得见卿，朱红花轿，锣鼓喧天，春风抬起的是愈见苍白的眉眼，却是泪痕将那鲛绡红帕都湿遍，我见人询问，原是薄命应怜卿，甘作他人妾。

再相逢，始知，到底是恨我无用，也到底是情深缘浅。算来乱世里，百无一用是书生。彼时，春城三月，章台柳新发，景依然。柳丝轻垂，长条冉冉，细拨湖面间，似卿的手，纤纤还如旧。而我，又沦落了哪段天涯，酒步还踉跄。拼却一醉，直把那一声声，一句句都问了，十年离散，章台柳，昔日青青今在否？

醉眼迷离，恍又见卿，言笑晏晏，立于春城三月，无边细雨中。卿眉眼盈盈，摇头叹，君非我，情深方恨君非我。卿泪下淋漓，如雨又似花，道尽乱世烽火，坎坷流年，卿与我言，心如旧，纵至今，心亦如初，生死相随。

我如旧，卿亦如旧，只是前尘尽，岁月改，浮生断。章台柳色，青青过往，长条还似旧垂，却已攀在他人手。似今软红十丈，卿已归了他人处。那是你我，至死都跨不过的鸿沟。也罢，这场红尘里的悲苦情事，千古也不独你我。纵心如旧，人已不如初！且将这坛苦酒饮尽，前尘袖手，你我也都至此封喉。

此去经年，良辰不负

◎鹿漫漫

急骤的秋雨刚刚歇下，秋风仍凛冽地卷来，携了一只寒蝉凄鸣，邀了一片枯叶醉舞。夕阳沉落江畔，染红了绵延的江水，水天一色。

江面平静如初，只见一叶孤舟，飘零在寂寥的江面，似乎已经急不可耐地想要出发。可是，我仍在长亭里，痴痴地等着你。等你来，赴一场清秋季节里的生死别离。

你终于出现，着一袭白衣，于蒙蒙烟雨里沾染了凄凉寒意，向着我款款而来。眼眸含水，湿润了万千愁情，你带着相思来送我，我却不能为你留下。你为我缓缓斟满离别的苦酒，举起杯来。我仰首一饮而尽，你仍清醒，看我沉醉。我到底是没有你勇敢，没有勇气清醒着面对离别，只好醉了自己，方能入场有你的美梦。

夕阳沉没，残月低悬，暮色弥漫，夜凉如水。遥远的江面上，烟雾缭绕，孤舟独横。我握着你的手，凝望着你。你清瘦了许多，双眼通红回望着我。昔日的海誓山盟，我未曾忘记，却不敢再说起。心里默默念及旧日，多少浓情话语，又无语凝噎。泪模糊了我的双眼，只有你分外清晰。你可知，我用尽一生情意，只为将你望进心里。此生此世，心里的那座城，从来都只愿迎你一人居住。

这世间，悲欢离合只是一瞬，怕只怕相思，却要一生一世地缠绕着我们，牵扯着我们。

山一程，水一程。我此去，经年累月。万水千山踏遍，却再无归期。远山涉水，再难相聚。生离堪比死别，往日深情，来日寂寞，谁能比谁洒脱？只怕寂寞，噬人心肠；只恐相思，泪染青衫。

此刻的我们，只愿时间走慢些，再慢些，能够有更多在一起的时间供我们回忆，让以后的日子不要太难熬。然而船夫三番四次地催促，他只恐误了时辰。罢，让我转过身去吧。生离死别，终归是逃不掉的。可是，见惯离别的渡船人啊，你怎么仍不懂生离死别的痛苦，连回忆的时间也不愿给呢？

我只求醉酒的别离能少些愁情。我醉在你送来的酒里，做了一场有你的美梦。梦里良辰美景，你一袭素衣白裙，亭亭而立，依然那么美丽动人，我牵着你的手，款款漫步，看那一堤烟雨。你说，长长久久，朝朝暮暮，永不分离。梦里，我与你白头偕老，一辈子，都有你陪伴。

一舟临岸，酒醒梦回，我已然孤身。杨柳依依的河堤岸边，再不见你孤单瘦弱的身影。载我的孤舟，固执地带走了我满腔绵绵的情意，无情地划过江水，别了柳枝深情的挽留，徒留一弯残月低垂，一江秋水波荡。

江之南多婉约，水之子多柔情，就连夏雨都暧昧，用秀色梅子酝酿。你拥着我我牵着你，缠缠绵绵，朦朦胧胧地织就一幅山水墨染画。悠然行走，慢拢时光，不经意地缓缓一瞥，好似在雾般的眼帘中总能瞧到那个如丁香般忧郁的姑娘。

浮光掠影地一走，是梦中的伊人，你也不要追寻，长长的远方，不知哪一方就有惊鸿倩影，不知哪一角就有天光水色。春意初歇，青色尽漫，你只需携着你的故事和风尘，推开一只只檐角挂着风铃的木门，听些美人迟暮的眼泪，看些臣子风流的过往。

伸出如玉素手，耳边还留着吱吱呀呀如笙箫低沉的诉言，眼前还存着墙外破旧裂痕上的点点碎花，你就已经看到木门背后的另一方天地。宁静如莲，淡然如风。家家户户都有一笼晴空，半庐花草，几片翠色，天渐日中，又有炊烟袅袅而舞，飘荡而歌，白气如云，更似仙境如昨。在那隐约而青涩的诗意里，总是有那看不清面目的归人衣袖盈香，踏马而过，留下一地繁华落尽。

于是你拾起破碎，倚着栏杆，忆起曾经，含着热泪。那泪里没有姑娘，没有白马，只有几声滴答过空而来。雨水自云而落，从屋檐坠到油纸伞上，咚，晕开伞下丁香美人展世容颜；从竹叶染到素白纸上，嗒，浸出纸上点点墨香如泪爱恋；从花草滑到松软泥土，啪，碾出缕缕香气如烟江上。而后你扭过头去看，以为眼花，似又看到你的伊人，你目光追随，还不及一眼，已然天黑，暮色渐浓，梅子时节将至，一川烟草，不如雨丝绵绵，如泣如诉。

梅雨时节，就连这名字都有醉人的芬芳，让人只想沉醉其中，宿眠在朦胧水乡编织的仲夏夜之梦。满目皆是雨，你点起一炉熏香，灯花摇曳间看窗外欷歔，烟水一色，好一片青葱水雾。四处池塘四处蛙，一声声鸣叫，唱得都是喜悦与欢愉。愈来愈晚，那些从细小的缝隙中透出薄薄的淡蓝紫色拢得世界愈发孤小迷离，每个人都朦胧在自己的梦里。你捧着一本古书，不要看，拿在手中就能感到心安，躺到竹椅上摇摆便能睡上一夜，无梦也无恶。你也可展一页素白纸张写写画画，不必好，但心性要到，酣畅便妙。或是泼一杯茶，不急不缓，每个步骤都用心，一步一步地来，慢慢地，时光都要老了。

于是你也跟着老了，你却更喜爱你栖息的地方。你可以唤三两朋友，杯酒欢唱，描美人眉心一点朱砂，写花开花落一瞬美貌。若是倦了，你也可约半个知己，摆一盘棋局，黑子白子，一同卧榻，听风听雨。过到夜半，无人来应，仍是一人，你也不沮丧，你等的又怎是那个人呢？你早已与客同乐，清风明月，你说，你且等我。

连星光都还待与你见面，听你讲你的故事和风尘。你左手黑夜，右手白昼，和你老去的时光，亲吻同眠。

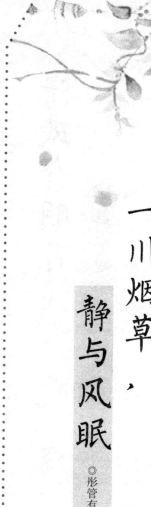

一川烟草，静与风眠

◎彤管有炜

清风舞明月

幽梦落花间

◎明月

千年一叹，风云几何；樽前一笑，新梦成昨。

岁月，在下一盘大棋，一局揪枰，纵横捭阖。茫茫天地间，滚滚红尘下，每一株生命的临世，便是入局，任谁也选不得，逃不脱。来不及端详物华妙景，来不及扳手盛大青春，岁月的帷幕便在不知不觉中拉开，又那么匆匆逝去了无痕。

你看那风景如画，赋予了万壁江山，绿黛新颜，造化了绝代风貌；倾国倾城，演绎了一代天骄；青史永垂，削瘦了稚幼无知；丰腴心性，凝结了生存经历。

风景有时，山水有尽。四季以行容，景色来又去，轻书繁华落，醉叹岁月长。凉秋一瞥过而成雪天，冷冬醒之与春风，决然之与流年，一转眼，又到了春暖花开的盛夏。

不禁喟叹，岁月如棋局局新，人生似纸张张薄。

手执流光，梦里红尘。细品黎明的清新，感悟暮色的浓郁，置身时光的长廊，昼看云散，夜听雨眠。记忆的天空瞬时阴郁，凄楚的天色，沁染着孤独，欲寻无绪。

那些明媚妖娆的光景，摸爬滚打的年华，如逝水流烟，再触摸不到一丝的波澜，而记忆却又清晰如昨，那么的明艳、鲜活。

望着墙角剥落的时光，天边远去的惊鸿，几许怀旧瞬间便抽空了心灵，惊醒了惆怅。捞不起的往昔孕育着伤怀，沉浸在自己的小天地捡拾着记忆，而回应我的只有身边轻描淡写的风声，呜咽着浓墨重彩的痛与哀愁。

遥遥回望，那些美丽，萦绕着不舍；转身，近在咫尺，仿佛一步之遥，却怎么也触不到。

此岸在哭，彼岸在笑。抚一曲潇湘，鸣一筝情妄，多情的我，踩着生涩的韵脚，轻舞千年前遗落的旋律，追溯秦淮两岸那琵琶遮面的清唱，弦停语迟，眸断天涯，欲诉心底无限事，那掩抑声弦的幽思和尽了离殇。阕歌犹唱，时光似水点点逝，念想如雨滴滴情。

夕阳邀山宿，黄昏月抚肌；白日喧哗，落地成埃。夜下来，清凉几许。一点凝思，几处闲情，听一曲风月缠绵，温一壶孤影自酌，耳边回响的东风破，伴随着零碎的思绪，裂帛了忧伤。

不知缘何，挥毫如我，温暖竟忘言说。待笔起墨落，平仄交错，情思氤氲凉薄，化作雨，滴下，由点及面，一圈一圈地蔓延，放大，继而掀起一场如潮风波。

以柔指分说，水墨横飞间，矛斜盾倒，孤寂相残。以孤独行舟，惊涛骇浪下，最是寂寞舞沧澜，一舞三弄，苍凉沁泽了一片，润了一笺的心田。几许疲惫夜夜心，寂寞如浪层层漾；笔墨内敛，流韵张扬；一点一滴，散了一片，喟然叹之，凌乱！

烟雨红尘，晓风遗梦。且看风去留，系上一个个念，带走一个个愿，只盼在水洗的时光里能渐渐化为眼角的那一抹浅笑淡痕。

清风舞明月，幽梦落花间。枕边梦去心亦去，醒后梦还心不还。

三月的春风吹遍了大地，绿了杨柳，红了桃花，姹紫嫣红，繁华如旧。

细碎的脚步惊醒了故人，多年未见，君可安好。原来年年岁岁有花相似，人却再也不同。物是人非，是这世上最温柔的残忍。

你款款走来携一身书卷香，有我曾经的过往。细腻的手捧着一杯黄藤酒，我一饮而下，酒香弥散开来，在唇齿间游弋，还是那最爱的味道。只是那个能与子偕老的人，再不是我。就如那禁宫中的满城春色，是我可望而不可即的美好。

总恨东风太恶，像寒山一样阻隔，使得所有欢情日渐消糜。一杯薄酒饮恨，又如何诉得尽这些年来的孤苦。

错了，错了，终究还是错了。江南千年的烟雨，迷蒙间不知藏了这世间多少悲欢离合。只是年复一年，碧波微漾，柳枝轻摇，十里桃花在风中开得芳艳，羡煞无数人的眼。

你显得更清瘦了，一定是夜里又哭了吧。不知又湿了多少绢帕，那被泪痕打落的一抹胭脂红，可有人为你重新添上？他日桃花落尽之时，杨柳定会抽出细长的枝，风吹起你的裙摆或我鬓角的一缕发，不知身在何处，你在何方。池阁空空，再无柳絮穿堂过，似那年你如仙人浴花踏雪而来。

当年的山盟海誓，我从未忘却，早已深入骨髓。提笔书几行诗，以寄思念，却不知该交给谁。我们再也回不去了，不是吗？我已为人夫，你也嫁人妇。漫长的时光织成了一张无形的网，让我们深陷其中不能自拔，可是痛和伤悲，却还是无法在岁月中消减，反而愈演愈烈。太多的故事只能像黄昏时亭角的花，经历雨打风吹，零落成泥，归于尘土之中。淹没，淹没，再也不知来自何处。

雨停之后风渐起，又是一番新模样。剩下的花更艳，草更青了，苍茫大地，生机勃勃。只是你眼角还残留的泪痕，让我清楚地明白，有些东西可以在时光的打磨中越来越好，而有些，一瞬即一生，飘零得无影无踪。那些年少轻狂的好日子，终是一眨眼就走过。

所有心事，你定是想写下来待有朝一日交予我看吧，可是最后，是不是连自己也不明白，这一日究竟是哪一天，又会不会有这么一天，所以千般思绪万般难都留作了满怀愁绪，独独说给栏杆听。

天涯海角各自离散，今日早已非昨日，原来瞬息万变，才是唯一的不变。

我甚至不敢去想你缠绵病榻的样子，更不敢去想那漫漫长夜你是如何熬过的。只有在午夜梦回时，听到熟悉的声音呼唤，可真是好听，怎么一眨眼，就又不见。

角声又响起来了，为这逝去增添了几分寒冷之气。冷吗，怕是心更寒吧，你不知道吧，其实自你走后，我的心就再没安过。千年的桃花，自此都像是被皑皑白雪覆盖。而我心中的那场雪，再也没能停下来。

我走过烟柳画桥，看过十万人家，那一日，杯中美酒尽洒，只因那桥下倒映的一抹绿影，就像曾经你向我走来。可是不是，终归不是。到了这一日，山盟海誓，就算锦书能托，却也再无人知。

只愿来世，千般柔情，万般思念，莫待君去骨已成尘，而我在人间满头白发时，空空化作几行诗。再也不负昔日誓，及这一世情痴。

烟柳画桥，空余叹

◎沈倾夏

江 湖

作词：许 嵩
演唱：许 嵩

今夕是何夕
晚风过花庭
飘零 予人乐后飘零
故地是何地
死生不复回
热血 风干在旧恨里
衣锦夜行
当一生尘埃落定
飞鸽来急
那落款沾染血迹
夜半嘱小徒复信
言师已故去
星云沉默江湖里
孤雁飞去 红颜来相许
待到酒清醒
她无影 原来是梦里
恩怨散去
刀剑已归隐
敬属江上雨
寒舟里 我独饮
衣锦夜行
当一生尘埃落定
飞鸽来急
那落款沾染血迹
夜半嘱小徒复信
言师已故去
星云沉默江湖里
孤雁飞去 红颜来相许
待到酒清醒
她无影 原来是梦里
恩怨散去
刀剑已归隐
敬属江上雨
寒舟里 我独饮
孤雁飞去 红颜来相许
待到酒清醒
她无影 原来是梦里
恩怨散去
刀剑已归隐
敬属江上雨
寒舟里 我独饮
我独饮

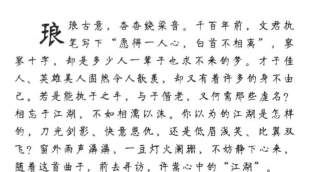

琅琅古意，杳杳绕梁音。千百年前，文君执笔写下"愿得一人心，白首不相离"，寥寥十字，却是多少人一辈子也求不来的梦。才子佳人、英雄美人固然令人歆羡，却又有着许多的身不由己。若是能执子之手，与子偕老，又何需那些虚名？相忘于江湖，不如相濡以沫。你以为的江湖是怎样的，刀光剑影、快意恩仇，还是低眉浅笑、比翼双飞？窗外雨声潺潺，一豆灯火阑珊，不妨静下心来，随着这首曲子，前去寻访，许嵩心中的"江湖"。

从此以后，再无人像你，
淡淡分离，又淡淡叙述。
一步一行都踏进诗歌里，
但从今日，又有人为你，
　轻描淡写，未韵雅致，
　为着把诗词描摹出新意，
从而将你这一生录入纸上，被风记得。
　　　　——卷耳

一世荒凉，浮尘了江南烟雨

◎阿　凝

　　年少别离于江南烟雨中，你青袖素颜，我凝视你双眸，曾言过，你无畏金戈铁马。少年成将军，血洗盔甲，青丝染成白发，殊不知，将军未归，是否会浪迹天涯。

　　江南的烟雨，碎了一地的柔情，纤指抚过旧画中你年少容颜。

　　半城花香，池中青荷卓然而立，踏足于江南青石板间，撑一柄油纸伞，朦胧了视线。细雨淋漓，滴落于树梢间，恰似落了一地的南城旧事，江中孤舟一人，倚楫酣睡，不觉阴雨入眉梢。

　　舞步轻盈，我于雨中翩然起舞，油纸归来又挥去，一袭素白添入雨中淡墨色。忆起那年豆蔻年华，忽遇君于亭中弄琴，如今忆想，却泛起一瞬红颜芳华，桃花未谢春红，只是走得匆匆，巷中那一隅，埋下念君一生的情愫。三月马蹄声，仍不见君归来，无畏此处情已落，却唯有孑然独徘徊。荧荧时光，辗转流连，编织着在罅隙时光里与你一起泛舟于江中的梦，你弄抚素琴，我翩跹独舞，忘身于江南烟雨中。

　　走过独木，望足下清流，我倚河弄发，河中倒影明澈，柔得似你。曾念起：少年云，一指凌霜，一抹残阳，一篇旧梦，一处话凄凉。故城青石板琴声飘荡，却似那年逢遇他乡，一隅一城池，一坊一叶舟，孤枝芳涯，何处能还家，念君未归，伤吾独残话。恰是江上伊人愁，独影孤舟旧时楼，暮日残霞染双鬓，盘绾青丝莫忧愁。

　　城中何许人也，吾未闻，君已晓。楼中莺歌唱忧愁，无奈，无奈，落花流水，云影扁月人憔悴。将独持镜望，君未师回抚我头，迷乱，红尘，成殇，纤指残段已茫，南城旧事思量，君不见，夕日残霞，清风抚我伤，凭时缭乱。

　　每日，信步于田间阡陌，池中已青荷丛然。思念不朽，却凌乱了等候，满池氤氲，馥郁了整个午后。

　　我想，品一壶清茶，闻一抔土香，嚼一缕清风，留一吻荷香，更想与君忆起青春花事。无需多人，无需新情，只需一段与你共度的回忆，如今独留我一人立足眺望。

　　那年君行，桃花泛泛，君情未落，吾情未殇。不觉而思，君是否倦往，物依旧，人不回。

　　小城幽径，竹林葳蕤，没落了一席思念，添一盏残灯，独舞唱忧愁。窗边乱枝丫，岁月洗我红颜，光阴洗白双鬓，独望靖宇，青丝寥寥，消殒人与事。

　　你曾为我描画上古画里的胭脂，眉梢处藏着你最细腻的手笔，屋内空无一人，却弥漫着你气息。

　　半城花开，年少徘徊。独留故人孤亭眺望，行古道，言愁殇。熟言，旧梦，落月，满霜。古来征战几人归，而你是否愿梦回江南温柔乡。眉骨染尽牡丹红。

　　愿与君忆往昔，年少缱绻时光，而你年少靥容，浮尘了江南烟雨。

　　而我，至此一世荒凉。

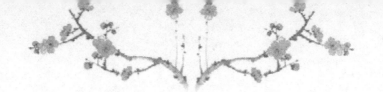

谁解嫁东风，莫若不相逢

◎飞花幽梦

梦里水乡，扁舟悠悠，歌一曲山高水长。琵琶铮铮，弦声婉转，流水淙淙，游鱼痴痴，情回百转。我把素心勾勒，柔婉的心扉，盛满你前世今生的浓浓爱意。风生水动，脉脉情怀，剪心为约，长天与共。

陌上三千，繁花若锦，流云飘渺，佳人千里月光寒。一曲霓裳迷离了梦一场，水袖当空，箫音瑟瑟。夜未央，谁的青丝流泻斑斓梦影？丝丝缠绵，柔情万端。长发绾起，指尖寒凉，清泪颗颗滑落腮边，滴落心坎，念念成殇。

愁肠婉转，更漏声声，似醉似醒，惊碎了谁的心扉？半盏残灯，明明灭灭，憔悴了谁的朱颜？情丝悠长，爱已难续。鸿雁知秋，落红成冢，寸寸相思，寸寸成灰。

昙花一现，魅影如幻。银河下，杨柳堤，红妆翠袖，蝴蝶双双，十指相扣，同结百年。花惜时，时如金，与君共缠绵，千年不变。趟过爱琴海，共赴一场红尘恋。潇湘月起，花影摇曳，并做连理枝，共绾同心结。绿柳荫荫，春色满园，万紫千红，一枝独秀。

穿越千年，你的容颜依然未改，恋恋情怀，忘川河边印满你流连的足迹。莫叹我为你醉梦三千，只因为你的情太美，似春风吹绽的绿水，泛起片片涟漪，一朵一朵旖旎成爱的蓓蕾，明艳心扉，经久不衰。

怀抱琵琶半遮面，千丝万缕殇落红。一诺千年浑是梦，人去楼空恨匆匆。谁解嫁东风，莫若不相逢。回眸不识君，不知相思痛。念此生情长梦短，山高水远，放飞的纸鸢怎能自由翱翔。惜流芳，红颜老，青丝成雪。

暮色已近，窗前风铃依然清脆婉转，雏燕呢语，唤不回初相识的澎湃心曲。细雨打残荷，滴滴声碎，只怨痴心付烟雨，散落空中都是泪。梦成尘，随风散。

花开红艳，一世风情，只为伊醉，零落成泥，一缕芳香辗转百世。点一枚心香，对月长拜，只愿侬情似我情，莫教落红殇梦残。流沙漫天，遮住了我瞭望的双眼，你的浓情，在我的记忆里已成断章残片。欲把爱深埋，奈何这冷冷清风吹皱我思绪满怀，撩拨夜的风铃，揪起心扉阵阵疼痛，风扫落红，满地流觞。

拿起手中的素笔，欲把你清逸的容颜描画。香墨氤氲，清清秀目，跃然纸上，顾盼生情。你眼角射出的光芒，刺痛了我的双眼，一股酸涩晶莹的泪滴溢出我的眼眶，滴落在你的眼角，打湿了我的绻绻素心。

爱一场，梦一场，有谁能留住逝水年华。遥遥两岸，轻舟难驾，谁相思迢递，任年华风干了眼角的清泪，任霓裳变成旧梦的衣冢。芳草萋萋，天涯海角，此情怎堪？

月光寒，水清浅，兼葭苍苍，芦花满坡。我碎落的情怀在幽谷之中飘荡，黯然一场风雨的凄迷，我把记忆的碎痕揉入风中，待转世的路口，掬起风的怀念，吹向满坡的芦花，再弹一曲高山流水。

今生愿托乔木,伴你长青

◎飞花幽梦

　　月色阑珊,霜意浓,寒彻骨,等你等到春老去,岁月聊赠一枝秋。流言四起的季节,草木荣枯,纠缠不休,片片枫叶情牵尘世美,精心为岁月量体裁衣,用情为荒芜的流年缝制一件鲜艳美丽的红装。及腰的长发剪了又剪,却还像春来时的红豆,萌发短短长长的相思。秋色迎人,美人低眉迟暮,人如夕阳近黄昏。回头遥望那段遥远的时光,一眨眼,刹那风华浓缩成一纸沧桑,只愿今生把爱交付,愿托乔木,伴你长青,让心找到归宿。

　　幽兰于悬崖处独生,散发一袭淡雅的花香,使人微醺。时间一转身,背影就会落泪,因为把你的忧伤置若罔闻,将你缓缓推入绝望的境地。一去深知更不归的年少,辜负了青春明媚,心底藏着的歉疚与悔恨,随着容颜的苍老渐渐蒸发。日复一日,年复一年,你来我往,谎言和真诚同时成长,却不会在你离去的那一天同时消亡;夜雨霏霏,飘飘洒洒,我端坐在一朵云里,默默为你祈祷,为你守候一世云烟。本想于山水之间,执笔为你细细描摹一场山河绝恋,可岁月不容我迟疑,让你我的爱情少了那画龙点睛的一笔。

　　清晨的草丛里,静谧而祥和,万物还在梦中流连,回味昨夜细雨缠绵的甜蜜,微眨的双眼还夹杂着些许蒙眬睡意。雨疏风骤过后,浓睡不消残酒,花木经历一场雨打风吹,又迎来一树枝繁叶茂,迁徙他乡的大雁亦可于枝头停歇。晨曦的雾,打湿了我疲惫的双翼,本来轻盈的行囊变得沉重,而我却不曾放弃拥抱蓝天的梦。我飞越一座座山,淌过一条河,终于抵达彩虹之巅,亲吻了白云。我看见群山、万壑、溪流、草原、牛羊,还有日思夜想的故乡。

　　落花时节,树欲静而心不息,岁月换了衣裳耍弄诗情画意,又开始逢场作乐。夕阳西下,又见一帘幽梦,你的承诺随风扬长而去,空留等待在原地奔跑,踩踏成遍地的忧伤,而我们又要重新启程去遇见不同的过客。

　　生命在岁月中不断更替,我们随着时光在花香中流连徜徉,一场风暴、一个昼夜,就让彼此失去了联系,你一直在我的航程上,而我却不在你的视线里。梦里,你一言不发,散发着不动声色的美丽;脉脉的眼神,传达着一段绝美旷世奇缘。所谓伊人,在水一方,离你只有几步之遥,却隔着一生的距离。

　　萤飞漫天,蝉歌夜曲,是谁撩拨了琴弦。你丹青擢素手,把相思洒入秋心湖波里。岁月不知人间苍老,云且留住,雁且归去。生命是一场宿命的缘,从起点到终点,从无到有,从有到无,注定是一个不能扭转的乾坤。红尘有梦,名为清欢,四季分明,走一段风月,赏一程山水,喧嚣尘世将我们遗忘。清风皓月暂伴不眠夜,身处红尘万丈,莫贪一梦欢,莫唱后庭花。无情未必就是决绝,我只要你记着:初见时彼此的微笑。

　　我看见山,看见水;看山是山,看水是水;看你是我,看我是你;蒹葭苍苍,而你依然。你离去后,满地荒芜,山已不再是山,水亦不再是水。春风化雨,夏月蝉歌,秋知落叶,冬去春来。今生愿托乔木,伴你长青。

月光如水
翩若惊鸿影

◎夏汐晴

一帘微雨，一剪清风，将斑驳的时光缓缓地润湿。轻倚在时光的路口，凝目，看曼妙的岁月中所有的斑斓荡漾在盈盈浅笑里，在脉脉低吟浅唱着。

月光温柔如水，四周寂静无声，我却在时光的纵横阡陌中，宛如置身于一片朦胧的梦境，好像梦了一回江南，你魂牵梦萦的地方。

青砖黛瓦，绿树红墙，行走于江南氤氲浩渺的路上，和着微风，伴着烟雨，找寻着一位你日思夜想的姑娘，不知是怎样的女子可以让你念念不忘。也许，是她在你许诺之后等不到归人而伤心离去，也许是你无缘与她结一段姻缘，那些伤感遗留下不可磨灭的痕迹，满满地兜转在韶华里。抛不掉的回忆，顺着屋檐滴答落下，泛起层层刺痛的涟漪。

浮动在思念的花海，嫣然绽放在陌上，回旋着的半轮残月辉映在心河，寥寥60字，又怎能将那些逝去的芳华埋葬。梦里争相消魂，醒来却把消魂误，书信寄情诉衷肠，素笺谁来为你寄？想说的话太多太多，可是你想要倾诉的人啊，如今又身在何方？彼岸繁华，开一千年，落一千年，花叶不相见。浮华沧桑，终究太多伤，喧嚣、沉寂，终躲不过悲凉。蝶恋天涯，迁移一季，守望一季，对影两相弃。流年、残惜，终究太多痛，繁华、没落，终逃不过惆怅。

想念如水波一去千里，不知今夕何夕；离人泪那么绵长，一点一滴流到天明；相思如此牵绊内心，永无停息。这尘世间有多少人来人往，就有多少擦肩而过，一些风景再好，终不属于自己；有些情感，路过交错，已是最好的结局。对于这些悲欢离合，纵然忘不掉，也不要太悲伤。

能相遇相识已是上天的恩赐，有些人其实不过是过客，过了，就算了。

缓缓拨动琴弦，琴音婉转成相思泪、离别愁，在这幽静空荡的夜晚荡漾开来，惹人伤怀。轻唱一曲离殇，你又把她想起，只是当时朱颜未改，人影未分离，而今你与她四散天涯，再不曾相遇，天长地久，也不过一朝夕。你无言守候盼归期，或许也会了却一场无关风月的局。凝望红尘路，看世事无常，听风生水起，牵时光之手，漫步于人生路，却终是在惊鸿一瞥中，沧海已桑田，繁华亦云烟。

谁解相思味，谁盼良人归，谁掬胭脂泪，谁描柳目眉？罢了，清瘦旧字迹，不知故人去，循墨忆起，空余砚上迹，陌上花开花不语，一曲离殇唱天明。

如烟往事，不知飘落了谁的相思；如梦回忆，不知凋零了谁的等待。我站在你回忆的路口，看时光泾渭分明。往事已成空，还如一梦中。离别之后，改变的不只风花雪月，还有我们自己，不能忘怀的曾经，也许已是沧海桑田，不能释怀的美好，也许已是香榭芳飞，忘不掉的是过去喜欢的人与往昔。

相思不可说，相思谁人听。思念有多长，忧愁就有多深，忧愁有多深，人就有多远。就算心知，就算肚明，错过了就是错过了，回不了头，也回不去美好的初相见。

此去经年，应是良辰美景虚设。就算不甘心，就算相顾无言，唯有泪千行，也要拭去眼角的泪光，压抑住内心的翻腾，轻轻挥一挥手，挥去不舍与魂牵梦萦的往事，从此以后，各安天涯。

素手流云间，是你翩跹而来不染凡尘的衣袂；温润如玉的风姿，只一眼便足以让天下人沉沦其中。

那时的江南暮霭沉沉，潇潇细雨恍惚了天边的浮光掠影，马车踩过阡陌小巷的青石板，绣楼里有人弹着琵琶，饮着清茶。

流水淡，碧云长，红尘一刹风乱，吹得散紫薇花瓣，吹不断姻缘红线。折子戏唱着相顾成双，此生与子偕臧，蔷薇娉婷红樱赏。

霞染天光，惠风和畅，暗香浮动，疏影横窗。

绿掩朱门，还记得你转过回廊下追着琉璃萤火；荏苒岁月，前尘往事皆成指间流沙。而今蒹葭跌落在琥珀杯的清酿中染成浊酒一杯，尽数饮下，再叹荒草院落，枯井涸塘，琴瑟笙箫皆暗哑。

曾听你说帘外海棠，幽窗棋罢；如今庭院春深，三更凉榻。何处再寻红袖添香，锦屏鸳鸯；只叹夜色微凉，人影茫茫。

空谷繁花，朱颜辞镜，最初与最终便是一卷年华。流年污了谁的白衣，桨声又映在谁的灯影里，我已记不得当年仗剑策马，几度芳华，而今只能凭着记忆一笔一画勾勒你的模样，闲庭看晚霞。

清袖带风，绣着斑驳湘妃的印记。缘起缘灭间，不过是万丈红尘，一世轮转。摇动经筒，虔诚匍匐在山脚下感受你指尖的温柔，又有谁怜惜我终日凝眸。前世的一局博弈，黑白相对，赢或输不过就是一眼执念，若只求得全身而退，是否还有心思去争那半壁江山，一时缱绻。

路口回眸间的无奈，忘川彼岸一路妖冶如血的殷艳，还记得木叶洞庭波的一丝缘浅，终究只落得个隔三江明月的哀叹。

蓬莱难寻，只因世人看不透那一层浮华之后的平淡。踏步而上，临峰之顶，看穿的是世间万象，看不透的是你的心思旖旎。是否唯有那万缕清风才值得你抿唇一笑，袖舞天倾。

犹记百里登风，皓月当空，夜光杯醉倒于你的回眸娇嗔。只那一抹背影，便胜过人间美景无数，仿佛从六朝烟水中捞出的一片剪影，笔墨难画其风流一笑。

秋波流转思张敞，黛眉长敛鬓无双。

此去经年，山长水远，别离樽前听何人说旧事清狂一卷，不觉泪满面。谁曾执扇掩笑颜，一朝倾倒玉山前。枕琴听雨人不眠，画楼西畔，亭台都已远。

风起，吹皱一池春水；落英，依稀瘦了花枝。

如今，徒留我一人独赏这细雨江南，古镇沉香。满堂花醉三千客，一剑霜寒十四州，渐渐淡去，只余一缕惆怅。

三生石上，赋尽高堂；只求允卿来世锦色韶光，风月琳琅。哪怕荼蘼开至，青苔满墙，于我不过江湖两忘，云淡天长。

执着作茧缚我，良辰好景虚设，江郎才尽，情伤荀倩。银河迢迢繁星数点，恍若葳蕤灯火映你眉眼，倏而忆起，绿柳湖畔你粉黛钗光的模样：青衫薄纱后，笑倚一片纸醉金迷，背靠一枕盛世繁华。

滴不尽相思血泪抛红豆，开不完绿柳春花满画楼。

倚栏听风尽，入骨相思远。

◎苏楚慕

倚栏听风尽

半城花香，年少徘徊。

菩提梵语，允诺一生随君情愫，允诺亲手为我描上胭脂红妆。微风习习，青袖挽起，泪渐成雨行。归鸟何恋，羁林何存，而我，怀着何种迷恋与偏执，何种风花雪月，又能与谁道？时至三岁，吾已倦惘。君不见，又怎相许一生，或是长相厮守。从前慢，慢去了年岁，慢去了念你的城南殇事。

荏苒时光，时过境迁。时光易换，朱颜易改，盼着又盼来些许忧愁。却恰逢葳蕤满园，映着慌乱的心绪。而你，已三秋未遇。

浓云、薄雾、白昼，怎解相思愁？

再次忆你，菩提旖旎，满眼尽是你素颜长袖。细指弄琴，你抿笑嫣然，乱了我年少心弦。瑞脑销金兽，销去经年等候。

那年豆蔻年华，未城菡萏开，晕开了蹁跹独舞的心绪，执信了少年允诺的花繁花阴，是年少不谙世事，还是太过偏执过往？

鬼茈芊锦，忆起你我少年采集，徜徉乡野阡陌，欢歌笑语。盈盈一笑，漫过华实年少。我忽想，声萦袅绕，引得小城歌声忽隐忽飘，却伤得闺中女儿泪湿双颊。

新燕翻辕，是否思念颉颃。彼时笙歌夜，竟婆娑泪眼，何为人生姿态。重阳时节，兀自画眉，兀自饮酒。望近山远去，天地翻旋，醉卧夜半星辰。酒入愁肠，君在何方？

又是早春，听谁人孤泣，没了一城春草，惊了一席花香。

等，等，等，年复一年，夏复一夏。只因小城忽传，君把酒欢。遂至洞房，女儿姿容婳娴。此般无奈，落花无情君无义，又怎能盼醒。缘至此，便已是天涯。

台扉酒饮，醉至黄昏后，恰闻旧时暗香盈袖。弥尽夜半，月损星消，繁添几许斑驳，光影交错，我们咫尺天涯。束不起的泪光，绾不住的缭乱青丝，留不住的少年心绪。

夜色轻染，滂沱雨夜。淋漓了一地落寞。

无边烟雨，似曾相识。别了一场旧事。

断甲，情殇。断青丝，心疲。无边风月，情已销魂，镜中人竟比黄花瘦，莫看人憔悴。

放下念君一生，随君一世，便是情终，已是释然。

繁花落殇，忘身于蒲公英之不羁。又言传君甚不愿，却已无济。

夜半，君托梦与我。愿与我浪迹天涯，无奈终抵不过父母之命，媒妁之言。梦醒泪渐湿玉枕，已无怨。

容颜消殇，凌乱了孤独的心事，何种不甘与痛恨，终抵不过命运无奈，该是悲是喜？陌城青荷卓立，虽无你，却也有些许回忆；荸荠盛，虽无你，却亦有些许情思；新燕归，虽无你，却也能彼此相依；园中葳蕤，虽无你，却也能延至一隅。

而莺歌浅吟，今生亦只为君。

芊芊时境，终不过念君随君一生情思。

但还愿，一念红尘与君逢。

菩提天涯，一念红尘与君逢

◎嘉生与凝

一纸寂寞，半阙相思

◎ 可可溪月

街南绿树春饶絮，雪满游春路。

又是暮春。我依旧倚着栏杆，手执一卷诗书，眺望着街南的那株绿柳。柳絮像冬日的雪花，迎风飘扬。不远处的桃花也开得正艳，映得碧空中朵朵云儿仿佛羞怯的少女，面色粉红。

记得我们初次相遇也是在这个时节，这处地方。那年晚春，你携一身桃香，盘马踏着青苔，打楼下经过。黛眉杏眸，一点殷红朱砂惹了我此生相思；目光交集，便定了彼此情缘。

后来的日子，你为我煮酒泡茶，红袖添香。我也曾为你理那青丝三千，愿与你结百年好合；曾为你执笔画眉点朱砂，倾尽一世温柔年华。当时口中的句句情话，眼中的绵绵情意不曾忘却，那些耳厮鬓磨，静赏花落的情景仍历历在目。

杳杳飞花落在你的肩头，桃花动人，却美不过佳人。浅浅的河塘，连锦鲤都成双成对，花丛里的娇蝶，岸边的鸳鸯更是入对出双。就在河畔的桃树下，我拥你入怀，亲口对你许下几世的诺言。温柔轻吻你带笑的眸子，诉说彼此真挚的情意。更愿执子之手，与子偕老，倾一世温柔，换红颜一笑。朱唇轻启，你亦与我海誓山盟，你说，宁负天下不负卿。

那一刻，你深情的双眸亮如星辰，因娇羞而微红的脸颊灿若桃花。彼此的眼中，除了对方，再无其他。仿佛你回眸一笑，就是天荒地老。

流年空转，几度黄昏雨。落花犹在，香屏空掩。

如今，你已不在。桃花在春风中依旧笑得娇艳夺目，可，曾在桃花下许我一世柔情的人，又去了哪里？成双的锦鲤游来游去，相伴嬉戏；沙滩上的鸳鸯颈项交缠，不离不弃；双蝶戏花，翩翩起舞，轻弄春风。

而我，独自一人，倚楼听雨。手中的书被我弃在一旁，此时，满腹相思惆怅。放眼望去，青墙黛瓦，袅袅炊烟，无论看向哪里，似乎总有你的身影。

那些地方我们都曾相携走过，那些故事我们曾一起听过，那些温柔更是全给了你，而如今，这些相思，亦是为了你。

不是说过要许你一世无忧，此生安康的吗？不是说好要天涯海角，相伴永远的吗？不是答应要繁华落尽，陪我落日流年的吗？不是发誓要执手偕老，相濡以沫的吗？海誓山盟就像浮云飞向了晴天，消失不见，而彼此说着不离不弃的人，也散落在天涯。

摊开一纸寂寞，欲写下半阙相思。身边却再也没了荆钗布裙，红袖添香。没了你的陪伴，我果真不习惯。美人如花隔云端，只是青鸟也不接云外之信，这方红笺，到底该寄往何方？

已是黄昏，又是黄昏。只留我一人在北楼，伴着悠长的相思，饮尽寂寞，空待流年……

微风悄悄地拂过，一池春水漾起碧波。远处有鱼，携卷着涟漪款款而来，他为此取名唤鱼。却不知除了鱼，他也唤来了他一生最爱的女子，自此万里层云，千山暮雪，皆不入眼。

她叫王弗，他叫苏轼，命运就这样开始无休地痴缠。

那一年的三月，雨水和往年一样多，初来乍到的他却不曾得知，慢悠悠地行走于府中，细赏这满园春色，更想偶遇那如神仙一般的女子，她之美名，他早已久仰。

楼阁曲折，楼上的那一扇小轩窗正开着，他不经意间往里望去，便看到了正在梳妆的她。明眸皓齿，三千青丝婉转而下，巧笑嫣然。楼内女子许是感应到了这灼灼的目光，抬眸望来，正好对上他落落的笑意。

自此，一眼沉沦。

原来用尽一生的寻找，为的只是此刻的相遇。

雨毫无征兆地落下，淅淅沥沥打落了满园葳蕤的花，他却忘了离开，不知怎的，怕转身佳人就消失不见，此后山水迢迢，独留一人终老。

都淋湿了呢，要当心身子。那声音如同千万年前落于盘中的珠玉，一路而来把清脆之音放入他心底。

他回过头，想看清她的脸，好永远地刻进生命里。可是不知何故，她的身影越来越模糊，慢慢地消失不见。

雨突然下大了起来，漫无边际地弥散。穿越宇宙洪荒，天地玄黄，跌落进他的余生里，把一切打得七零八落后，变成了白茫茫的大雪。原以为的一场白头，却是孤独地行走……

他依稀看到她眼角有泪痕，想伸手替她拭去，抬手之时却什么都没碰到。手终究无力地放下，垂眸闭眼，千言万语，绵绵情丝，原来相见之时早已了然于心，只能默默相对。

王弗，他唤道，然而再也没有人应答。醒来时，他的眼眶有些湿润，这竟是柳絮纷飞里的一场美梦，带他又回到了那年那月与她相遇的地方。最后却是走过了10年的生死两茫茫，变换成春夏秋冬在人间一次又一次的更迭，化作飘零的大雪，掩盖密州寂静的正月。

有些人有些事早已深入骨髓，成为生命的一部分，根本不需要谁去刻意地记得，就是永远的难以忘怀。可是，生死永诀，幽明路隔，再相见时不知她可还识得他？她的身影与样貌，早就永远地定格在了他的心里。而他在世间挣扎徘徊，却是风尘满面，两鬓染霜。不再是她年少时，于落花微雨中看到的鲜衣怒马的少年。

是不是漫长的思念只能与影对酒，与月独说。孤坟千里，茕茕孑立，所有的凄凉也只能留于心中，无处言明。可在月满人间之时，那葬着她的短松岗之上，他却是年年断肠。

自此长夜，再无天明。

只有暮雪，一夜白头，留给沿着雪路一直走，却还是没能到天长地久的人，余生无尽的哀愁……

暮雪白头·倾尽余生

◎沈倾夏

红楼深处葬花魂

◎江辰宇

满纸荒唐言，一把辛酸泪。都云作者痴，谁解其中味？

临摹一段远古的尘烟，沾染一袭暮年的凄雨，案几上清韵流音的思绪，在一阕瘦词间，行至千年韶光的落红断香处。

回首百年，伊人如梦，是谁的一世风情？绿柳花开，姹紫嫣红，又是谁的一日春光？凭栏眺，独对弦钩，千年绝恋，带着离人的忧愁。阑珊处，寻不见的凄凉，曾几何时，一世情缘，却是一滴红尘泪？曾几何时，一世痴情，却是一把落花殇？

当你告别病中的父亲，踏上离乡的路，两岸的绮丽风光却无法抚平你紧蹙的眉峰。青山在你眼里，成了颓废的容颜，船底的流水声在你心中，是悲凄的呜咽。微风吹散了长发，你衣袂临风的身影是如此的纤细，又是如此的孤寂。

当一声声轻叹飞进风里时，当一行行清泪随着滔滔江水融为一体时，你翩然走进了那座极尽奢华的大园。闲静时如娇花照水，行动处似弱柳扶风。泪眼盈盈中，仅仅是一瞥，却系下了一生不解的情和缘。

尽管锦衣玉食，可寄人篱下的生活让你难展笑颜。你不爱荣华，也不图富贵，你不爱名利，也不喜喧嚣，你有自己追求悠远宁静的在水一方。

潇湘馆前的那一片绿竹，那把寄托你喜怒哀乐的瑶琴，皆为你所爱。我知道，那个"花柳繁华地，温柔富贵乡"的大观园，在你眼里却是"一年三百六十日，风刀霜剑严相逼"的坟墓，在清幽的潇湘馆里，纵使过的是"青灯照壁人初睡，冷雨敲窗被未温"直到"不知风雨几时休，已教泪洒纱窗湿"的凄凉长夜。你依旧俯首弄琴，孤傲美丽。一笔，是满心的冰凉；一画，是彻骨的迷茫。

也许你与他早有渊源，才注定了他的钟情一片。他原是女娲补天剩下的顽石弃在青埂峰下，成神瑛侍者。一株绛珠草靠吸收石上的露珠生存，便是你。绛珠仙子离开后说："我要用一生的泪还他。"或许这就是宿缘，你和他注定要一生纠缠，一世牵绊。

孤标傲世偕谁隐，一样花开为底迟。你曾认为你和他可以结为连理，可谁知他揭起喜帕，你已魂飞气绝。香魂一缕随风散，愁绪三更欲梦遥。

世人皆言他新婚另娶，薄幸无情，可又有几人知，自你香消玉殒后他终日洒泪。泪落成珠子，冷雨敲清窗，满地悲。他最终出家，常伴青灯古佛。唯有新娘，面对满园悲凉，寄托绵绵情思。

"晨夕风露，阶柳庭花"，如画红楼，几缕色彩，暗淡艳丽；几笔桃抹，如此空灵。只望你来世，能高山流水遇知音，不再"寒塘渡鹤影，冷月葬花魂"。

彼岸蒹葭，可待我

冬夜，烛火瘦弱，伶仃摇曳，檀香燃尽最后一缕孤烟，缥缈无依，顷刻间悄无踪迹。一片白梅轻飘入窗，落在少年的掌心，旋即被风轻卷，从瘦弱修长的指缝间落下，无迹可寻。

放下诗稿，少年起身披衣，庭外初雪，夜皎如镜，月冷似冰。白茫茫花树下，清冽的白梅香轻飘，看似无痕，却随着风声缭绕眉间心上。少年在树下独自徘徊，风掀起他月白的衣袖，如雁似羽，轻得仿佛下一刻便会随着风间落梅一同飘散。

"若……"他合眼轻吟，眉间忧伤似是从骨髓深处迸发，却又淡入尘埃，轻轻浅浅，绚烂到哀凉。之前的无数个夜，她总是假在小窗前这样轻唤他，然后浅笑着将窗前梅瓣上的新雪小心翼翼地收入杯中，再拾起雪地上的几瓣落梅，小火慢熬，捧给他一杯新煮的雪梅茶。她说，初雪煎茶，便能涤净心杂，不染尘芥。

如同一片漂泊已久的树叶，疲倦地落入沉静的海洋，他就这样轻落入她温暖的掌心，镌刻她的名字在心底最柔软的地方。她用温润的笑容熨帖着他忧伤的眉眼。她之于他，是依赖，是救赎，是上天的恩赐，是尔虞我诈的声色犬马，纷乱喧嚣的三千繁华中一片纯净而温暖的港湾，是浮华坎坷中最柔韧的坚强。

他想起第一次见到她，她月白的衣裙舞落了一树梨花，他轻敲着玉骨折扇笑她折落了风雅。他记得那日花树下，他在身后偷偷卸了她的玉钗，那一瞬，她青丝如瀑，微愠的双颊飞满红霞。他记得那一夜，她指尖的温度在他掌心渐渐冰凉，满堂缟素，白雪飞霜，天地顷刻死寂。

他举杯，笑问天地，为何给他显赫家世，绝世才华，给他钟鼓馔玉，笔底惊华，却唯独让他守不住一个她。天地无话，白雪凝疤。

人生若只如初见，何事西风悲画扇。他提笔，一杆朱砂，刺破了心口的疤。

无数次烛火下恍惚入画，再见浅笑的她。他指尖轻触，却在一瞬间破碎。待惊起，才觉不过寒梦一场，恍恍惚惚起身披衣，循月光而下，来到初见时的回廊。雪如梨花，却不见她眉目如画，唯余他一人独对冷月无话。

几年江南策马，塞北黄沙，颠簸天涯，所到之处，她的影子都会在他的笔下婉转婀娜，镌入他的诗行。光阴流逝，却愈见浓烈缠绵。

脱水之鱼，离巢之燕，羁旅之人，摧折于岁月风霜，光阴消磨，在他心脏的某一处却始终剔透纯真着。因为，她曾说最爱他的真，爱他的悠然尘外，爱他的超凡脱俗。他怕有一天，她若归来，会认不得他，于是这样一颗本真的心，他便存了一生。

康熙二十四年暮春，容若抱病与好友一聚，一醉，一咏三叹，之后一病不起，七日后溘然而逝。

身似浮云，心如飞絮，命若落花。别有根芽，不是人间富贵花。天真而忧伤的少年，轻得如同月色下零落入土的花瓣，终归于有她的天地间。

此生踟蹰，终得以花为伴，与雪同眠。最是人间留不住，当时只道是寻常。

你可化作了那株蒹葭，等我在彼岸？

你的回眸，是我前世的一滴泪

◎向阳花木

　　恬静淡雅的思念从初春的黄昏娓娓而来。柔和似水的斜阳，红霞满阶的亭台温柔如百合花的盛开。馥郁的清香，怡人的情怀。你从晚蝉的歌唱中披着云翳带着如梦亦幻的神采，如采莲的仙子婷婷而来。嘴角漾着笑语，黛眉绘着诗情，飘动的短发如秋叶翩跹般绽放着画意。

　　温柔的季节，淡淡的思念。而你婉若游龙，翩似惊鸿的回眸，在温柔静美中悄悄缀织着我今生来世的幽怀。

　　风不停，花不静。烟花江南古渡口，轻舟解缆柔柔手，向着梦中的巫山桃林缓缓划破波平如镜的水流。湖面，那轻轻漾起的涟漪如心花呓语随桨动岸移。

　　巫山若水，桃林似梦。未解的密语，不止的心弦，已动的情缘。汗水打湿青衫，轻舟隐入桃林，你在桃花深处盈盈而立，浅浅而笑。有如花间的彩蝶轻盈翩跹。

　　桃花若蝶，翩翩而舞泊入轻舟。花瓣打湿思绪，花香唤醒今世来生的等候。花落风止，你轻盈灵动的回眸，引得我痴痴若梦般守候。

　　舟摇摇以轻觞，风飘飘而吹衣。独立彷徨于月光似水的渡口。石阶埠头，小桥杨柳湖水静静地流。月如霜，水如肠，轻舟收揽，随晚风荡漾，唤着昨日梦中的歌唱。

　　水依旧，花依旧，而你盈盈回眸后如天际的星辰匆匆隐入那片绯红的桃林，独余月光如水，水色如梦。

　　花似花，似花还似非花；人亦人，亦人还亦无人。

　　花开几回香，梦断几回肠，残香盈袖，旧梦无痕。旧梦无痕水有痕，寻寻觅觅冷冷清清谁无恨？

　　你的回眸，是我前世的一滴泪。柔肠千结，桃花碎成心伤。捧一觞果酒，揽一怀残香，随梦酿成今生的一滴泪光。

　　花谢花飞花满天，红消香断有谁怜？风解舞，水诉心，桃红随风飞过天尽头，天尽头，何处有香丘？未若锦囊收艳骨，一抔黄土掩风流。质本洁来还洁去，花飞飞满天中，谁醉倒在残香满樽湖光水色的怀里？而情缘在湖水里凝结千年，开成一滴浅浅的泪花。

　　你的回眸，是我前世的一滴泪。今生，断肠崖边，风沙凋尽挚语心花。前生的思念牵引着我在风沙中如佛僧静静地坐化，守着前世你回眸后心语凝结而成的那颗泪花，浇灌守望着那颗佛前的菩提在月色中慢慢发芽。

　　桃红何在？月明如水浸幽怀。风弄竹声，似金佩声响。月移花影，疑是玉人来。翘首盼，情真真，意切切，身心一片，人间无处可安排，青鸾信杳，终黄犬音乖。

　　云开月来，花影共徘徊。伊人何在？空阶伫幽怀。人间凉夜静复静，前世佳人来不来？情不通，手托腮，夜凉如水潇湘台。

　　熠熠的心语，盈盈的泪花。守望千年，追溯千年，今生终不见你笑靥如花。

　　你的回眸，是我前世的一滴泪。缘起，缘随，缘灭。轻舟在湖中荡成烂柯，桃林仍旧等待抽枝放青，而守望依旧伴着幽怀盼不到尘缘梦回的一线天开。千年的爱恋，前世的痴，今生的怨，而你的回眸只是我前世的一滴泪。

　　本来无一物，何处惹尘埃？前世今生尘与土，回眸清泪云和月。千年的牵绊，两世的情怀，桃花落尽处是谁在悄悄叹息着徘徊？

是谁，在凝眸处醉舞胭脂泪裳

◎白衣萧郎

那日，风起云涌。诗经里说过，昔我去兮，杨柳依依，这是最适合怀旧的天气。

江面上是滚滚的红尘，眼前是无数的山川。柔绿蒿添梅子雨，淡黄衫耐藕丝风。依岸的杨柳缠绵在春风里，自炀帝的渡口一直摇摆至今，我在浃浃江水凌波放舟。玉箫长剑，酒兴方酣。有花一样的月华缠绕在我抚琴的指间，清丽的丝竹声灌满我白色的衣袂。

在我日渐模糊的记忆里，乌衣巷的夕阳拖着影子斜在广漠的天宇，王谢旧时的燕子飞过零落的厅堂。江畔何人初见月，江月何年初照人？秦淮河在，春花秋月在，我年轻的姑娘，斜立在杏花春雨的江南，她隐在半亩荷塘的月色里，明眸善睐，衣裙风动。月华一半明亮一半隐约，浅浅地照耀在我的心上。

在哪一苇舟上才能邂逅你呢？每一苇幡动，都能错过我们的一生。当开尊待月，掩箔披风，十里灯火扬州的时候，你是否会留意到人潮中我随风轻扬的白衣和温馨的致意？我从乌衣巷一路逶迤而来，秦淮河香艳的气息在空气里荡漾。那些典故里的流年，那些纸醉金迷的画船，就像两岸的翠柳红楼，水面飘过的歌声，不停地变幻。

暮色里你的影子已经隐现，我的心怎么能不雀跃？时光深处，薄暮荫里，我的心竟然有些微熏地醉着。浮云散，多少旧梦照人来。这是江南的春天，烟花盛放在云朵下面，风，在柳下呢喃。你在我心里，不停呼唤，三春温暖的气息，秦淮芳醇的记忆。我朝着你的方向，一路飞奔。

你牵着我的手，不言语，黛眉斜入远山的青翠。也许爱到极致，便是大爱，无爱，甚至

淡为云烟。落花无言，人淡如菊。这些温馨浪漫的片断，你是不是要像我一样，在庭院深深深几许的黄昏，悄悄地收藏，然后常常慢慢地回味呢？

你走过的每一个地方，哪一处不会成为我温暖的记忆？人生路上的哪一场相逢，不是我们携手留下的风景？

当我接触你目光的一刹那，那一潭清澈的湖水，瞬间将我淹没。可我还是义无反顾地跳下去。你目光的青藤，蓬勃着生长，爬满我斑驳的青春。爱情在四处奔跑。它的影子很长，长到青春的尽头，缠绕着那些婆娑瘦长的青藤。月色憩在藤上，温暖别在襟上，思念在秦淮河漫无边际地生长。

你抿着嘴，浅笑着要我给你点唇妆。我旋匣，桃红的胭脂在我指尖舞蹈。你回眸，清澈的湖水在你眉黛泛滥。春醉在你的唇边，我醉在你的心里，一池的柳色吹皱秦淮河十里的碧波，有鹤在朱楼外幽鸣，时光在这一刻停滞，春色在这一夜永恒。

人这一生可以遇到多少英雄，多少美人，又有谁请你喝一杯酒，把你的忧乐记在心头？尘世里，低吟浅唱，唯有文字，静静飞翔。

谁让瞬间变成永远，谁让来生恍若昨日旧梦？三千世界里，谁是惜花之人？千年的守候，谁能躲过那一个回眸的温柔？蓦然还是吹箫的白衣少年，刹那已是故园暮色，鬓发如雪。良辰美景，蝶飞翩翩，也不过是一期一遇，不经意间，花开花落，已是春归无觅处。

剑煮酒无味，一杯能是为谁。此刻且让我们再研胭红，醉舞霓裳，把酒临风，一剑飘然。

◎ 以澈

十里杨花闲落，落成谁的寂寞

我静仁在江南小巷的石板路上。

三月的雨乡，春意悠柔，正是草长莺飞的时节。远山的黛影依旧朦胧，罩在一片雾霭中。我仿佛又见你的身影，薄纱素裳，半撑纸伞，与我一起看白墙青瓦，听滴答雨声。你对我微笑，笑容温暖恬静，正如我初见你时的模样。我努力想牵你的手，终究是徒劳。恍惚间，雨声依旧，江南依旧，时光静好，岁月绵长，只是少了你的眉眼纤长。

晕一点丹青入画，惊起刹那芳华，思绪总是潜滋暗长，漫过春秋冬夏。那时，你还是及笄少女，倚枝回首，却把青梅嗅，无限娇羞。我从熙攘的汴京而来，穿过暗香金粉的雕梁画栋，穿过瑟瑟衰草的西风古道，来到这水乡，只为寻一片内心的宁静。笛在月明楼，你是否也听到了高台上我的箫声？一曲奏罢，我蓦然回首，却与你四目相对。如水的月华倾泻而下，映出你明媚的面庞，也映入了我的心，我拥你入怀，但愿此生不再孤单。

初夏，梅子才黄，你藏起了我的箫，让我带你看扬州的烟花。一路上舟车劳顿，你却像个孩子一样兴奋。华灯初上，人影幢幢，你拉着我，穿梭不停，忽然迷了方向。当第一抹烟花绽开的时候，你握着我的手，指向天空，姣美的侧脸洋溢着愉悦与幸福。你的一眸柔波，融化了我悲伤的过往，我在心底将你珍藏，此一瞬间，便是永恒。

林间流萤点点，灿若星光。冷风阵阵，拂过你环佩叮咚，裙摆轻扬。该如何去形容你这般温润如玉的女子？纷絮似雪，也不胜你笑容清绝。或许，此生遇到你，已是命运对我最深的眷顾。你轻枕进我的臂弯，柔语呢喃，"悠悠兮君何往，黯黯兮神伤；鼓瑟兮断鸣，怅明朝兮天一方。"我默然。如果我注定与你分别，也要守住这一刻的缠绵。静赏半空烟火，浅聆一夜风荷，云淡星晴，一眼万年。

日影西斜，暮色寒山。芦苇浦上，我与你泛舟而行。远方传来阵阵雁鸣，和着清冷的风声，吹散了一方秋水，吹坠了残阳。你依偎在我身旁。我对你说，我是你的王，而你，就是我的天下。你攥紧了我的衣角，笑而不答。沉默，便是缘起的依托。

苍阶苔痕漫，一帘雨幕，将谁的思念隔断？记忆中的你，腮泛胭脂坠沉香，红袖轻舞，惊艳无双。我醉于你的风情万种，伸出手，任凭指尖掠过你的发梢，微凉。像极了那场杏花微雨，浸湿了幽梦。

是夜，庭下月色如霜，远方琴声悠扬。多情只有春庭月，犹为离人照落花。只可惜冷月葬花魂，而我该于何处，安放对你的一往情深？你的一颦一笑，憔悴了时光，温婉了年华，烙在我心底，凝成最美的殇。如若来生相遇，我定会与你剪烛西窗，互传尺素，看你兰指轻捻，一针一线，绣下我们的三世情缘。

流年易逝，朱颜易改。回首旧时光景，那些或温馨或甜蜜的片段，随光阴静静流淌于彼岸，难以释怀。唯有黄昏中一壶清酒，细品浓愁。

十里杨花闲落，落成谁的寂寞？我吟歌而过，只为寻你，一个承诺。

卢沟晓月

词曲：后弦
演唱：后弦

微风别水静澜
城外秋蝉吟唱
灯阑珊，下弦弯
挂夜空一盏
月色下你眼眶
追忆仍静静流淌
趁拂晓前踱一首故乡
卢沟的月弯弯勿忘那年的残缺
醒来石狮为你把守那份思念
九州明月满满洒下终于还了圆
你皎洁，以倒影无声慰藉
从此毋须离别
狼烟去山河暖
月满城楼登上
百年砖，压不弯
烧窑人脊梁
月色下你眼眶
追忆仍静静流淌
趁拂晓前踱一首故乡
卢沟的月弯弯勿忘那年的残缺
醒来石狮为你把守那份思念
九州明月满满洒下终于还了圆
你皎洁，以倒影无声慰藉
从此毋须离别

涧水如练，西山似黛，斜月西沉，倒影水中，把一汪明媚铺开，洒下皎洁如梦。多少人宣纸上走笔，写下月下相思；多少人眼眶里裹着深沉，追忆着流淌的黄昏。在诗人笔下，月是痴心的惦念；在离人眼中，月是无声的慰藉。可卢沟的这弯晓月，不为想念沉沦，只为山河取暖；不为微风颔首，只为故乡守望。逝去的是时间，忘不掉的是历史的书签。残缺的是当年的景象，而今撑起家园的是九州的脊梁。我们，都在这轮月下，看着岁月，慢慢走远……

图书在版编目（CIP）数据

你一生在纸上被风记得 ／《哲思》编辑部编 . — 郑州 ：
河南人民出版社，2017. 5（2018. 9 重印）
ISBN 978 - 7 - 215 - 11021 - 2

Ⅰ . ①你… Ⅱ . ①哲… Ⅲ . ①古典诗歌 - 诗歌欣赏 -
中国 Ⅳ . ①I207. 2

中国版本图书馆 CIP 数据核字（2017）第 110946 号

河南人民出版社出版发行

（地址：郑州市经五路 66 号　邮政编码：450002　电话：65788067）
新华书店经销　　　　三河市金轩印务有限公司印刷
开本　787 毫米×1092 毫米　　1/16　　印张　6
字数　100 千字
2017 年 6 月第 1 版　　　2018 年 9 月第 2 次印刷

定价：15. 00 元